青田鎮推理故事

尋找傳說中的奇人

翁裕庭 著

教育部閱讀磐石獎得獎學校校長、兒童青少年閱讀推廣工作者、推理評論名家　強力推薦

一位沈默寡言的轉學生，卻接連偵破幾樁校園疑案，也扭轉同學觀感。整個故事聚焦校園人事物，讓人熟稔又親切，相信喜愛推理思考的讀者，一定會跟著緊湊的劇情，心情緊張和起伏，最後發現原來「真相藏在細節裡」，必有著豁然開朗的喜悅。博愛國小與有榮焉，搶鮮拜讀，真誠予以強力推薦！

——高雄市博愛國小校長　田建中

閱讀是一項長期的工程，絕對不是鍛鍊幾天，閱讀能力就會變好。訓練引導孩子觀察細節、邏輯思考、推理演繹的能力更是如此。就讓我們隨書中的沈揚，按著適當的線索去思考分析，嘗試解開謎團。推薦專為兒童而寫的「青田鎮推理

故事」第一、二輯《尋找被詛咒的彩畫》、《尋找傳說中的奇人》。

——新北市老梅國小校長　吳惠花

作者描述故事手法生動活潑，能夠帶領讀者彷彿身歷其境一般地融入整個推理故事情節，再輔以合理故事發展邏輯，並從相關事理、脈絡中建構完整推理，很有助於讀者從閱讀中輕鬆學習，是一本值得推薦閱讀的好書。

——彰化縣文德國小校長　李政穎

閱讀精彩的推理故事，是培養思考邏輯與觀察力、判斷力等等最好的心智挑戰。在細膩的畫面、生動的故事中，根據線索，重現真相，解開謎底，讓孩子和翁裕庭一起尋找冒險的樂趣和發現驚喜的愉悅吧！

——台北市士東國小校長　連世驊

觀察力需培養，推理力靠訓練！當每篇故事發展到高潮時，作者透過「推理大挑戰」，得以讓讀者反思每一場景與線索，而抽絲剝繭是培養「觀察力」及「思考力」的好方式。本書值得推薦兒童青少年閱讀，也適合親師生討論。

——台中市潭陽國小校長　陳世銘

推理小說令人著迷的地方，除了故布疑陣的劇情和情節來訓練邏輯思考外，還可以增加創造力和想像力。而「青田鎮推理故事」系列，作者利用學校背景為情境，不僅貼切讀者生活情境，其中「給讀者的推理大挑戰」正可滿足讀者閱讀欲望，自己就故事線索當偵探來解謎，再印證結果，頗有挑戰性和成就感。

——台南市紀安國小校長　陳雅君

因為是本土的創作，少了翻譯小說文字和文化的隔閡感，讀來更為流暢生動。角色刻畫鮮明，推理情節緊湊，孩子們應該會讀得欲罷不能！

——清華大學幼兒教育系副教授　周育如

一個心思縝密的轉學生，善於從日常生活細微之處，抽絲剝繭找尋真相。喜歡推理故事的同學，一起來破案吧！

強力推薦

——人氣親子部落客　陳安儀

「想要認識一個人，最好的方法不是聽他說了什麼，而是看他做了什麼。」故事開頭的一句話，為整部作品做了定調。敏銳的觀察、冷靜的判斷，我們都能擁有洞察局勢的偵探特質！一座純樸詭譎的青田小鎮，一群敏感複雜的青春少年，在一連串的事件鋪陳裡，從陌生開始建立關係，成為故事情感厚度的基礎。隨著作者層層抽絲剝繭，行進的不只情節，讀者也化身偵探，跌進懸疑裡。

——童書作家暨親子共讀推廣講師、思多力親子成長團隊暨網站召集人　陳櫻慧

這系列的書，一字一句彷彿磁粉，以強大的磁力，深深吸引著讀者。倒敘與順敘互陳的說故事手法，讓讀者親歷辦案的過程——時而撲朔迷離，霧裡看花；時而一閃一滅，透露曙光；時而深陷解連環套的困境；最後有破案過關的快感！故事中，穿插胖瘦二人組唱雙簧的詼諧，夾雜少年少女迷濛的情意，讓科學理性十足的校園偵探小說更添青春笑聲！

——新北市書香文化推廣協會理事長　蔡幸珍

神祕的小鎮、謎樣的少年、貼近生活的怪事奇案……翁裕庭的「青田鎮推理故事」系列將推理小說最福爾摩斯的解謎趣味，與一群心思多變又精力旺盛的孩子結合在一塊，還加入心理懸疑氣氛與活潑鮮明的影像感，實在是有意思極了！

——推理評論人　冬陽

真開心看到黃羅（翁裕庭）願意投入少兒推理的寫作行列，而且不但有「向讀者挑戰」，也讓我們極富臨場感地進入中學生的日常生活、和他們喜怒相共。而最高興的為「這是系列！這是系列！這是系列！」不會再為沒有下一本而發愁了！謝謝黃羅。

——推理評論家　張東君

目錄

〈人物介紹〉

重要人物：

沈揚：青田國中8C的轉學生，與媽媽從大城市T城搬到青田鎮。個性內向，沉穩寡言，體貼家人。常陷入沉思，不說話的時候，給人有點「臭屁」的印象。善於觀察與推理，是個「小福爾摩斯」。

田欣：8C的班長，冰雪聰明，有「冷面判官」的稱號。聲音清澈，善於談判，並有大將之風，深得班級導師與同學的信任。

盧振東：有一雙瞇瞇眼，綽號「小瞇」，個性隨和、機靈，能言善道。他像個情報人員，經常提供沈揚訊息，也像是「小華生」。

劉剛健：身高一八〇公分，高大粗獷，個性急躁剛烈，直來直往，重義氣。

費文翔與石金受：胖瘦二人組，一天到晚愛鬥嘴說笑，孟不離焦，焦不離孟。兩人都喜歡玩電玩，費文翔是電玩達人。

楊慕秀：沈揚的媽媽，帶著沈揚從T城搬到青田鎮。
杜夢卿：8C導師，也是棒球隊的指導老師。
宋銘凱：青田分局的小隊長。
趙德柱：青田國中生活教育組組長。

其他人物：

林秀花：沈揚媽媽楊慕秀的同事。
胡智聰：林秀花的兒子，棒球隊後補選手，是個小畫家，能把房間畫成一座棒球場。
侯師傅：「侯氏水電行」師傅，年近六十，聲音嘶啞。
馬老闆：林秀花的鄰居，臉長，個子不高，四肢細瘦。
葉京龍：阿龍，青田國中三年級學生，性格務實。
阿龍爸、阿龍媽：中年夫妻，經營一家雜貨店。
蕭老闆：「銀海」啤酒屋老闆，年近五十的中年大叔，凶神惡煞的模樣，講話語調卻很溫柔。

錢普森：四十幾歲，留著兩撇小鬍子，頭髮雖長卻不邋遢，右眼失明，左眼炯炯有神。十幾年前來到青田鎮，後來人生遭遇巨大變化。

阿逸、阿源、阿光：錢普森的弟子。

白神父：年長者，十九年前來到青田鎮，蓋教堂時得到洪鎮長的協助。

第四個故事

尋找不翼而飛的繪本

尋找傳說中的奇人
青田鎮推理故事

1

「我不要！」

「拜託啦。」

「不要！」

「起碼跟人家聊一下嘛。」

「沒什麼好聊的。」

他轉身就走，卻被她伸手拉住。

「你這小孩怎麼這樣。只是聊個天，又不會浪費你多少時間。」

「你沒問過我，就把我騙來這裡。不止浪費我的時間，還欺騙了我的感情。」

「越說越誇張了。今天是星期天，反正你待在家裡又沒事幹。」

「那是我家的事。」

「什麼叫做『我家的事』，」她動了怒，「你所謂的家，是我提供給你住的地方，所以那是我的家，並不是你的家。」

「我又沒有想要住那個家，是你硬要我來住的。」

兩人一言不合，音量越來越大，口氣越來越衝，臉色也越來越難看，場面一時間陷入僵局。

「不好意思，這位年輕人，請讓我講幾句話。」

插嘴的這位女士是現場的第三人。她大約四十幾歲，身材比一般女性高大，體態豐腴，笑臉迎人。蓬蓬的髮型，讓人聯想起某個頗具喜感的卡通人物，只不過在這個時間點上，她的笑容顯得有些不適宜。

「你叫做沈揚，對吧，」她笑咪咪地說：「不要怪你媽，她沒有要騙你，是我跟她嚕了很久，她才勉強答應帶你過來。」

見沈揚沒接話，中年婦女逕自往下說：「你媽已經給我打了預防針，她說你可能會火冒三丈，所以我先開了冷氣，也準備了清涼飲料，希望可以幫你消消火氣。」

沈揚看到桌上擺了三瓶特大號的飲料：可樂、汽水和沙士，另外還有一瓶柳橙汁和三個空杯子。整間客廳約有七、八坪大，冷氣開得很強，不時發出低沉的轟隆聲，聽起來很像在說「厚啦，厚啦」。通道上還擺了一台電風扇在旋轉送風，看來這位阿姨真的已經做好萬全的準備。

「你媽只答應說會帶你過來，其他一概不負責，」她雙手合十於胸前對沈揚說：「能不能給阿姨一個面子，先坐下來喝杯飲料？」

客廳裡，兩張雙人座沙發椅的中間擺了一張玻璃茶几桌。中年婦女走向桌前，一口氣將三瓶碳酸飲料和那瓶果汁全打開了之後，扭過頭問沈揚：

「你要喝哪一種？」

沈揚暗自嘀咕：萬事具備，只欠東風。而這個東風就是他最喜歡的飲料——冰奶茶。這時後頭有人突然推了他一把，讓他不由自主地往前跨了一步。轉頭一看，老媽正用無聲的嘴型說：「拜託啦。」

「果汁。謝謝。」

中年婦女倒了一杯柳橙汁給沈揚之後，才想到要請客人們落坐。楊慕秀母子共坐一張沙發，她自己則是坐在沈揚的正對面，幫自己和楊慕秀各倒了一杯柳橙汁。

「我叫做林秀花，年紀比我大的叫我『阿花』，比我小的叫我『花媽』……」

「快叫『花媽』！」楊慕秀催促著。

「沒關係啦，」林秀花收起笑容，正色說道：「聽說你很會幫人家找東西……」

「你誤會了，」沈揚打斷她的話：「我並沒有很會幫人家找東西。」

「但是我聽說你……」

「我是在不得已的情況下被迫幫忙找東西，結果碰巧矇對了。」

「你是被迫的，這我知道，你媽已經跟我說了，」林秀花笑道：「前幾天你找到高教授失竊的畫……」

「這也是我媽說的？」沈揚打岔，轉頭看著楊慕秀，露出不滿的神情。

「哎呀，你別急著怪你媽媽，」林秀花急忙搖手答道：「其實是李管家告訴我的。她說有個少年很厲害，居然幫忙警方找到高教授家失竊的彩畫。後來我又聽說，這個少年幫棒球隊找到藏著必勝祕笈的背包……」

「哪來的必勝祕笈？」沈揚又打岔：「根本沒這種東西。」

林秀花露出苦笑。

「總而言之，我聽說這個聰明的少年叫做沈揚。我心裡就想，該不會是秀秀的兒子……啊，不好意思，我都叫你媽『秀秀』，這樣比較親切啦。所以我就問你媽，可不可以請你幫忙找個東西。」

沈揚又轉頭看楊慕秀，見到他母親正張大眼睛瞪他。

「阿花是我在大賣場的同事，」她說道：「我們倆的班表常常重疊，她很好心，常主動幫我熟悉工作環境。」

「這沒什麼啦，同是天涯淪落人嘛。」

天涯淪落人？什麼跟什麼啊！沈揚聽得一頭霧水，轉頭看向楊慕秀，只見她一臉尷尬，眼神有點閃躲。於是他又回頭正眼看著林秀花。

「我不做任何保證。」

「我明白，你先聽我說完再做決定。」林秀花以誠摯的口氣說：「之前你已經找到三樣東西，這代表你有實力，而不僅是運氣好而已。」

沈揚一臉不置可否，他對於別人的奉承或讚美無動於衷。

「大家先喝點東西，」她說道：「飲料就是要拿來喝的嘛。」

多半都是林秀花在講話，沈揚猜想她應該是口渴了，只是不好意思先動手。他就順手拿起杯子喝了一口。兩位女士也同時取杯飲用，尤其是林秀花，幾乎一口乾了一整杯後，才心滿意足地吐了一口氣。

「我可以叫你沈揚嗎？」她用問句當開場白。

沈揚點點頭。

「沈揚，你喜歡繪本嗎？」

「上小學以前會看。」

林秀花從茶几桌下拿出一本繪本，書名是《神奇火車冒險記》，封面上畫了一列火車，擬人化的火車頭有張笑臉，頭頂上方還冒出元氣十足的濃煙。

「用圖畫講故事，小朋友都愛看，」她邊說邊翻開繪本，「我兒子超愛火車，他有個願望，就是希望將來可以坐火車環遊世界。」

沈揚看了母親一眼，兩人都沒講話。

「他小時候在睡覺前，我會唸繪本的故事給他聽。其中有幾本簡直是百聽不厭，他會一直撒嬌要求『再唸一遍』。」

此時的林秀花眼神渙散，心思彷彿神遊到過往的回憶中。

「這本《神奇火車冒險記》並不是他的最愛，」她繼續往下說：「他最喜歡的繪本叫做《彩虹》，因為他覺得能站上彩虹實在很酷，可以從很高的角度，俯瞰遼闊的大地。」

她轉頭往窗戶看去，臉上露出孤寂的神情。即便窗外真的有道彩虹，緊閉的毛玻璃也會毫不留情地遮住那神奇的七色橋。

「那本《彩虹》是他最寶貝的童書，也是我最珍藏的繪本。」她停頓了一下，「可是不知為何，它不見了。」

2

「那本《彩虹》就像彩虹一樣憑空消失了。」

林秀花將《神奇火車冒險記》放回桌下，拿起那瓶柳橙汁，幫自己又倒了一杯。

「你是要小揚幫忙找那本《彩虹》？為什麼不再買一本就好了？市面上應該還買得到吧？」楊慕秀丟出一連串的問題。

「或許吧，可是這麼一來，意義就不一樣了。」林秀花對楊慕秀說：「對一個母親來說，一本唸過幾百遍，甚至幾千遍的舊繪本，絕對比一本新書珍貴許多。就算已經被翻得破破爛爛，也不會把它拿去丟掉，這就叫做凡翻過必留下痕跡吧。」

楊慕秀點點頭，表示理解。

「你兒子呢？他也不曉得繪本為何消失不見？」

只見林秀花臉色一沉，緊蹙的眉頭讓法令紋也冒了出來，彷彿一下子老了幾十歲，瞬間從阿花變成了花媽。

「我兒子已經往生了。」

「啊，對不起……我不曉得這件事……」楊慕秀困窘極了。

「三個月前才過世的，」林秀花傷心地說：「妳不必道歉。無法從傷痛中走出來，是我自己的問題。」

接著她又長長地嘆了一口氣。

「想拜託你兒子把《彩虹》找回來，其實有兩個原因。第一是繪本的最後一頁有我兒子的隨筆塗鴉，對我來說，這是很重要的遺物。第二個原因是……」

說到這裡，她突然停頓，表情尷尬，似乎難以啟口。

「有什麼難言之隱嗎？」楊慕秀問道。

「說出來只怕你們笑話，」她說道：「兒子走了之後，我一直失眠，睡不好。大概一個月前的某天晚上，我睡不著覺，乾脆起床想找點事做。等我一回神，卻發現自己坐在兒子房間的床上。我靈機一動，拿出《彩虹》翻開第一頁唸了起來，假裝時空回到兒子還小、很愛聽故事的過去。說也奇怪，唸了兩遍《彩虹》之後，就連打了好幾個呵欠，突然感覺到一股強烈的睡意。回自己房間一躺下來，馬上進入夢鄉，一覺到天明。」

「所以從此之後，你每天晚上都到兒子房間唸繪本，失眠的問題便迎刃而解了？」楊慕秀揣測道。

林秀花先點頭，接著又搖搖頭。

「直到三天前，我找遍家裡的每個角落，就是找不到那本《彩虹》，結果又開始失眠了。」

「拿別的繪本不行嗎？」

林秀花黯然一笑。

「本來以為這是老天爺要我學會放下。可是前天晚上，在我半睡半醒的時候見到我兒子，他說……」

「你兒子？」楊慕秀大感驚訝。「他怎麼會……他說什麼？」

「他說……他說要我繼續唸那本《彩虹》，而且每天晚上都要唸，因為他開了讀書會，招集了許多同好來參加，我要是不唸，他的讀書會就開不成了。」

她的話讓楊慕秀母子沉默了。

「你們一定以為我瘋了。」

「這沒什麼啦，」楊慕秀趕緊說道：「日有所思、夜有所夢。一定是你太想念兒子了，所以才會在夢裡見到他。」

接著，她用腳輕碰沈揚，示意他講點話。

「林阿姨，前天晚上見到你兒子的時候，他是穿什麼顏色的衣服？」沈揚問道。

「淡藍色的 Polo 衫，」林秀花立刻回答：「下半身是咖啡色的休閒褲。」

「那是他自己的衣服嗎？」

「他一件 Polo 衫也沒有，休閒褲也很少穿，」林秀花搖頭說：「他喜歡圓領運動衫搭配牛仔褲。」

沈揚用拇指和食指摩娑著下巴。

「腳呢？他是穿著鞋子，還是光腳走進來？」

「這個嘛……」林秀花一臉沉思。「老實說，我沒注意到他有沒有穿鞋子，但我猜他應該光著腳丫子。因為我不是被腳步聲吵醒，而是被我兒子叫醒。我一睜開眼睛，就看見他站在我身旁。」

「當時你在他房間裡？」

「我坐在他床上，靠在牆邊『度估』。」

「別再問了。」楊慕秀急忙喊卡，用右手肘頂了沈揚一下。「叫你安慰阿花，結果你問了一些莫名其妙的問題，到底是要幹嘛？」

「一般來說，作夢通常沒有顏色。」

「所以咧？你這樣問，豈不是讓她以為那不是夢，她兒子真的回來看她？」

「那倒未必，」沈揚淡淡地說：「夢通常沒有顏色，但不代表一定是黑白……」

「夠了，」楊慕秀不高興地打斷他的話，「再來你是不是要問她有沒有看到影子，如果沒有，那就是活見鬼了，對不對？」

「鬼？」沈揚眉頭微蹙。「我不相信神鬼之說，也沒興趣了解。」

「既然不相信，那幹嘛要扯到這邊來？你明明就是說她活見鬼了！」

「我沒有。」

「還說沒有。不然你接下來要問她什麼？」

「我本來要問——」沈揚轉頭直視林秀花的眼睛。「那時你兒子就在身邊，你有沒有伸手去摸他？」

「拜託，摸得到才有鬼咧！」楊慕秀怒斥。

「你們母子倆感情真好。」林秀花打圓場似的插嘴。

「哪裡好？你看他就是愛強辯，我說一句，他就頂一句。」

「我只是在回答你的問題。」沈揚說道。

「還在辯！」

「你不能只想聽到你要的答案。」

「你是說我冥頑不靈？」

突然，林秀花噗哧一聲地笑了出來。楊慕秀和沈揚不明所以地面面相覷。

「果然是母子，」她說道：「雖然你們長得一點也不像，不過看你們這樣吵架……」

「我們沒有吵架！」他們倆不約而同地說。

「好啦，沒有就沒有，」林秀花搖手笑道：「母子倆這麼有默契，真叫人羨慕啊。」

她的表情頓時轉喜為悲。

「不管怎樣，有個人可以鬥嘴總是好的，」她苦澀地說：「我就沒這個福氣，能跟我頂嘴的人已經不在了。」

也許是這個話題太過沉重，使得楊慕秀母子頓時不知如何接話。無人說話的客廳裡，只剩下冷氣機持續發出的轟隆聲。楊慕秀再度用腳輕觸沈揚，示意他說些什麼。

「繪本不可能像彩虹一樣憑空消失。」

沈揚這句話雖不像在安慰人，卻奇妙地達到安撫效果。

「可是它真的不見了。」林秀花的口氣恢復正常了。

「事出必有因，」他看著走廊，「你兒子的房間在那裡？」

林秀花眼睛一亮。

「你願意幫我把繪本找回來？」

「先看看再說，我不做任何保證。」

林秀花一聽立刻起身，帶他們沿著走廊往裡走。

「請跟我來。」

她一掃先前的陰霾，展露出燦爛的笑容，連蓬蓬頭都跟著慷慨激昂起來，變得似乎有兩倍大。

3

走廊盡頭有三扇門：右側房門後面是林秀花的臥室，對門是她兒子的臥房，末端那個空間比較小，是擺了一台洗衣機的雜物間。三人走進左側房。雖然遠不及費文翔的房間寬敞又有先進的電玩器材，但這間臥室也讓沈揚看得目瞪口呆。

「酷吧，」林秀花的口氣充滿了驕傲，「就像站在球場一樣，很有身歷其境的感覺。」

沈揚站在房門口，他腳邊的地上畫了一塊白色本壘板，左右兩側各有一個長方形的打擊區框。牆面和地板的接縫畫著白線，右側牆的盡頭好像有塊類似一疊疊包的東西，反之，在左側牆的終端則是三壘壘包。正前方兩面牆的交接處也有個壘包，牆壁上畫了鋪著防護墊的圍牆，上方是萬頭攢動的外野看台區。

「這是你兒子畫的？」楊慕秀以讚嘆的口吻說。

「全是他親手畫的。」

沈揚踏入土棕色的地板，站上中間的一條白框，接著轉身面向房門口，眼前的兩面牆畫的是內野看台區，看球的觀眾或坐或立，有的拍手鼓掌，有的揮手吶喊，每個人和動作都栩栩如生。

「我踩的這個是投手板？」

林秀花點點頭。

「我兒子的個頭不算高大，可是很喜歡站在那個位置，彷彿他是一夫當關的王牌投手，是球場上的超級巨星。」

沈揚環顧四周，發現衣櫃、書櫃、桌椅和床鋪全都巧妙地融入背景中，雖然還不到全無破綻的境界，但也算是巧奪天工。想必是所有家具都就定位之後，創作者才開始畫圖著色。

「我以前就跟他說：『你當畫家會比打棒球有前途。』可是他聽不進去，寧願去坐冷板凳，當什麼後補選手……」她一邊陳述事實，又像在自言自

第四個故事
尋找不翼而飛的繪本

語。「反正沒差，如今什麼都當不成了。」

沈揚心裡暗忖：「怪了，雖不知有沒有直接關係，但這個案子又扯上棒球。只是這名球員的藝術天分實在令人驚豔。這個房間明明不大，卻可以用3D透視效果畫出球場的景深和遼闊感。」

「他的書都放在三壘旁的球員休息區。」

沈揚一時不明其意，轉頭一看，這才明白她這句話的意思。原來單人床和床頭櫃都極為巧妙地嵌入壁畫中，很容易讓人視而不見。他走向三壘並蹲下來，拉開床頭櫃的門板，裡頭有教科書跟幾本YA輕小說，和棒球有關的參考書占了好大一個區塊，像是《打擊揮棒全方位解析》、《王牌投手攻略指南》、《一球入魂：投球技巧大躍進》這幾本書都放在最上層，書頁也被翻得起皺，書末的空白頁簽了「胡智聰」三個大字，這顯然是林阿姨兒子的名字。令人意外的是，櫃子裡連一本關於美術繪畫的書也沒有，看來此人無師自通，繪畫才華全是與生俱來。

「《彩虹》原本放在這裡？」

「不是那裡，」林秀花搖頭，指著左外野看台區的上方說道：「是放在那朵雲上面。每天晚上唸完後，我就把它放回去。」

沈揚順著她指的方向，走近一瞧，原來在床鋪和書桌之間、離地約莫兩百公分處有塊與牆面垂直的白板，不仔細看還以為那是飄浮在天上的一朵雲。他伸長手臂也搆不到那塊板子。

「得踩到床上才拿得到。」

沈揚低頭看著單人床。即便人已經不在了，床還是維持得乾乾淨淨的。

「幹嘛放那麼高？」

「我兒子說，彩虹就是要放在天上，不然就不叫彩虹了。」

如今彩虹不見了，誰是讓小水滴蒸發的太陽？

「你在大前天晚上發現它不見的？」

林秀花點頭回應。從一開始她就站在房門口，一步也沒跨進來，那個態度就彷彿房門內是個閒人勿進的犯罪現場。

「那天發生了什麼事嗎？」

林秀花偏著頭想了一下，突然睜大眼睛。

「那天家裡接連來了幾個人，而且發生了許多莫名其妙的事情。」

「來的是認識的熟人？」

「還算熟，」林秀花遲疑地說：「你覺得繪本是被熟人拿走的？」

「我沒這麼說，我只知道冷氣機不會無故亂叫。」

冷氣機發出的轟隆聲，站在走廊盡頭都還聽得到。

「其實，洗衣機也會亂叫，」林秀花後退一步，指著雜物間內的洗衣機，

「一切都是從它開始的。」

這跟洗衣機有什麼關係？沈揚心想，看來林阿姨似乎不時會冒出沒頭沒腦的話。

「那天洗衣機啟動時突然發出怪聲。我叫水電行的師傅來檢查，沒想到接二連三來了一堆人，後來繪本就不見了。我本來還覺得沒什麼，聽你這麼一說，沒錯，這也太巧了，平常沒人上門，那一天卻連續來了三個人，怎麼想都有問題。我這個人實在太遲鈍了，當時就應該打電話去問清楚，

這三個人……」

「林阿姨，請講重點，」沈揚打斷她滔滔不絕的發言，「水電行師傅是幾點來的？」

「哦，」她看著自己伸出的三根手指頭，「剛好是三點鐘。」

4

正確來說，三天前，也就是星期四下午兩點四十五分，林秀花下班回到家，換上家居服，才剛鬆一口氣，門鈴就響了，是水電行的侯師傅來了。他穿了一件無袖背心，粗壯的胳臂外露，膝蓋微彎，走起路來搖搖晃晃的，恰似一頭大猩猩。話說人一有些年紀，什麼毛病就全來了，畢竟侯師傅年紀已近六十，體型好像縮小了一號，原本差不多一七〇公分的身高，如今看來似乎只剩一六〇，聲音也嘶啞極了。

「侯師傅，最近還好吧？」林秀花寒暄道。

「馬馬虎虎啦，」侯師傅嘆道，拍了拍膝蓋「這個地方不行啦，如果沒人扶一把，要上樓梯簡直跟登天一樣難。」

侯師傅近年來因為膝蓋發炎而行動不便，可是附近只有這家「侯氏水電行」，林秀花並不想捨近求遠去找別的水電師傅。

「洗衣機怎麼了？」

他背心正面有好幾個口袋，分別插了鉗子、小鐵槌、螺絲起子等工具。有趣的是，他觸摸那些小口袋，就像棒球教練在打暗號似的。

「可以運轉，但是很吵，好像裡面有顆石頭在喀啦喀啦地撞擊洗衣槽。」

林秀花帶著侯師傅來到雜物間，師傅打開洗衣機上蓋，彎腰探頭進去檢查，然後又起身跟林秀花說話。

「你去忙你的，接下來我自己搞定。」

林秀花不打算離開，她也想知道問題出在哪裡。

「沒關係，我一點也不忙。」

只見侯師傅東看看西看看，這邊敲敲那裡打打，試圖找出問題點。此時，遠方傳來一陣手機鈴聲。

「你的手機在響。」侯師傅抬頭說道。

「是喔，」林秀花愣了一下，「不好意思，我接一下。」

她跑回房間，從皮包裡拿出手機接聽。

「喂？」

「阿花，賣場這邊有人臨時請假，你可不可以來代班？」

「你是說現在？」

「對，情況有點急，你一定要幫這個忙。」

人家都這麼拜託了，豈能一口回絕？林秀花立刻換上外出服，拎起皮包往外衝——

「等一下。」沈揚急忙喊停，打斷林秀花的敘述，把時空拉回現在。「你就這樣衝出去，沒跟侯師傅講一聲？」

林秀花抬頭看著天花板，陷入沉思，腦海裡的影像開始倒帶。

「其實有，」她說道：「我經過走廊時，看見他站在房門口——」

「哪個房門口？」

「當時我以為是雜物間門口，」她的口氣顯得不太有自信，「現在回想起來，他可能站在我兒子的房門口。」

「然後呢？」

「然後我跟侯師傅說：『我臨時要去代班，這邊就拜託你了，離開時幫我把門帶上，修理費改天再跟你算。』」

「然後你就去代班？」

她搖搖頭，一臉疑惑。

「我騎機車才經過兩個路口，皮包裡的手機又響了，這次是叫我不用去了，因為人手補齊了。」

「是領班打來的電話？」

「對方沒說他是誰，但我覺得不太像領班的聲音，現在回想起來，我不認得那是誰的聲音。」

「前一個叫你去代班的聲音呢？」

她閉上雙眼，皺緊眉頭，很努力地回想。

「我也不認得，」這次她的口氣顯得比較有自信，「但我有把握兩個聲音完全不一樣。」

「檢查你手機已接來電的號碼看看。」沈揚提議道。

果然不出所料，這兩組手機號碼不同，林秀花都覺得很陌生。

「撥撥看，不過我猜，兩組號碼都不會有人接。」

果然不出沈揚所料，兩組號碼都無人應答。

「你回家之後呢？侯師傅在幹嘛？」

「他在我兒子的房間……」林秀花停頓了一下，露出茫然不解的表情。

「當時他的神情有點慌張，手忙腳亂地敲打牆壁，嘴巴上說噪音或許跟牆壁有關。」

「這太牽強了吧？」

「當時哪想得到這麼多，」林秀花懊惱地說：「否則繪本就不會被他拿走了。」

「是不是他拿走的還很難說，」沈揚一副就事論事的口吻，「目前只能確定他進過你兒子的房間。」

「他嫌疑不小。」她口氣憤慨。

「他是嫌犯A。」他輕描淡寫地說：「後來呢？」

「侯師傅說是洗衣機傳動軸上面的密封圈太緊，調整一下就好了，然後提著工具箱走了。」

「只是密封圈出問題啊。」沈揚將食指橫放鼻下思考，喃喃說道。

「要是有那麼簡單就好了，」林秀花說道：「不到二十分鐘，隔壁的馬老闆就上門來興師問罪。他問我剛才有沒有用水，因為牆邊突然滲出一灘水，把他家地板弄濕了。」

「會不會是侯師傅啟動機器放水，但不知為何流到隔壁去了？」

「我哪知道。反正他不管三七二十一，一定要闖進來檢查。」儘管已經過了三天，聽她的口氣還是很不高興的樣子。

「這個馬老闆是個什麼樣的人？」

「臉很長，個子不高，四肢卻很細長，營養不良似的，老愛誇口自己是單車健將。光看他走路外八，還有他鼻頭上那顆黑痣，我就覺得這個自命不凡的傢伙很討人厭。」

「走了一隻猴子，又來了一匹馬……」楊慕秀喃喃自語。「他有找出問題的癥結所在？」

「自己的問題都看不到，哪可能幫別人解決問題？」林秀花語帶嘲諷。

「他一進門，就拉開嗓門大呼小叫——」

「有我這種鄰居，你真是賺到了，」馬老闆大聲嚷道：「樂於助人又免費上門服務。」

他逕自往走廊盡頭移動，先停在雜物間門口張望了一下，像是確認洗衣機的位置，然後進入林秀花兒子的房間。

「哇，這是什麼？」

馬老闆愣住了，像是沒料到會看見牆上驚人的壁畫。

「一定要在這裡抓漏才行。」他斬釘截鐵地說。

「方位不對吧？你家在我家右邊，不是左邊，要抓漏也應該從對面那個房間開始抓起。」

「你的房子格局有問題，一看就知道管線亂牽，沒有好好規劃，所以才會漏水。」

馬老闆沿著牆面踱步，途中還被床腳絆到，痛得他唉唉叫。

「快拿工具箱過來！」

面對這麼一個不講理的人，林秀花只好無奈地依言照辦。

「女人家不要待在這裡，」他命令道，拿出箱子裡的鎚子和小鐵鍬，「交給男人來處理就行了。」

你是誰啊？憑什麼在這裡發號施令？林秀花不以為然地站著不肯離去。兒子的壁畫是她心目中珍貴的藝術品，萬一被破壞了，那還得了。

「呿！」

馬老闆對著林秀花揮動右手，像在趕蒼蠅似的，林秀花還是沒理他。這時門鈴又響了。

「還不快去！」

林秀花撇著嘴走向大門，心裡嘀咕著：「門鈴是不是沾了金箔，怎麼今天一直有人來按鈴。」開門一看，她當場傻眼。有一輛機車斜倒在地，機車騎士的右小腿一片血漬，像是摔倒時磨破了皮，旁邊停著一輛小客車的左前燈也破了，看來像是一起機車和小客車的擦撞事故。

「這位小姐，你快來評評理。」來按鈴的顯然是駕駛那輛小客車的司機。「這裡是單行道吧？他突然蹦出來，害我煞車不及。」

「這裡才不是單行道，」坐在地上的騎士按著右大腿說道：「你車速太快，又碰上九十度彎道，當然來不及煞車。你要負全部的責任。」

「要負責的人是你，我的左前燈撞壞了耶。」小客車司機氣得吹鬍子瞪眼。「本來看你受傷就想算了，既然你無理取鬧，那我就要追究到底。」

「你們先別吵了。」

林秀花趨前幾步，蹲下來想檢查騎士的傷勢如何。沒想到她才剛伸出手來，地上的騎士便哇哇大叫。

「別碰我。我很可能骨折了。」

林秀花急忙將手抽回。

「你能站起來嗎？」

「怎麼可能？我快痛死了。」

「別裝了，你以為苦肉計會有用嗎？」小客車司機罵道。

「你惡人先告狀，明明是你的錯！」騎士的聲音近乎哀嚎。地上那灘血也令人看了觸目驚心。

「忍耐一下，我進去拿毛巾和繃帶先幫你包紮。」

林秀花轉身欲走，卻被小客車司機拉住。

「不能走。你還沒回答我這裡是不是單行道。」

「對，千萬不能走。」騎士也投了反對票。「你必須留在這裡攔住他，別讓他肇事逃逸，撇清一切責任。」

「我又沒犯錯，幹嘛要逃，」小客車司機看著林秀花說道：「對不對？」

「這裡不算是單行道，不過……因為巷子並不寬敞，所以大家都單向行駛。」

「聽到了吧？單向行駛，所以這是你的錯。」

「我聽到的是『這裡不算是單行道』，所以錯不在我。」

這時剛好有輛腳踏車騎進巷子，一看到車禍現場，便趕緊放慢速度，盡可能保持距離繞過去，深怕沾惹到什麼麻煩似的。

「你們要不要先把車子移開？」林秀花提議道：「一直擋在路中央也不是辦法。」

「不行，」四肢健全的傢伙說道：「在釐清真相之前，別想叫我移車。」

「沒錯，」至少一腳受傷的傢伙接著說：「絕不可破壞案發現場。」

這下子林秀花可進退兩難了，不能移動車子，也不可以包紮傷口，更不能回家，那到底要她怎麼辦才好？正想到可以掏出手機打電話時，遠方突然傳來救護車的警報聲，讓她鬆了一口氣。不過奇怪的是，兩位當事人反而面面相覷、呆若木雞。

救護車的警笛聲越來越近，然後一個轉彎，隨即出現在他們面前。車子一停下來，立刻有醫護人員下車取出擔架。

「別碰我，」騎士叫道：「我這是複雜性骨折，需要專業的醫師來處理。」

「如果你們把他抬走了，」小客車司機也表示反對，「事件的責任歸屬要如何判定？」

「沒關係，我們可以等一下，反正警車也快來了。」其中一位醫護人員答道。

「警車！」兩位當事人同時大叫。

「有人報案了。我們離這裡比較近，所以比警方早到一步。」

只見地上的騎士突然像彈簧一樣跳了起來，他伸個懶腰，活動一下筋骨。

「咦，我好了，根本沒骨折嘛。」

接著扶起機車，跨上坐墊，發動引擎，一溜煙地騎走了。

眾人頓時傻眼。

5

林秀花揉了揉眼睛，以為自己眼花了。

「既然沒人受傷，那我也要走了。」

小客車司機跟著揚長而去，再不說左前燈撞壞的事。更巧的是兩車離去的方向倒是有志一同。

醫護人員發現沒戲唱，也坐上救護車離開了。

這是在開什麼玩笑？林秀花簡直一頭霧水。她蹲下身，伸指沾了地上的血跡一聞，完全沒有血腥味，反而像是番茄醬的味道。她搖搖頭，搞不懂這是怎麼回事。突然間，她驚醒過來，被這場鬧劇一折騰，不知道馬老闆會如何糟蹋兒子房間裡的壁畫。她三步併成兩步跑回去，看見馬老闆在她兒子的房間裡察看床頭櫃。幸好壁畫沒事，她胸口的那顆大石頭總算放了下來。

「這麼快就回來了？」馬老闆轉頭看著衝進房間的林秀花，像在抱怨似地說。

「還沒弄好？」林秀花口氣不太好。

馬老闆站起來，關上床頭櫃的門板，朝著林秀花走過來。

「問題可能不在這裡，」他停下步伐，望著天花板說道：「我回去再研究看看，有結果會告訴你。」

他走出房門口時，突然又回身探頭說：「想要打好棒球，光看書是沒用的。」

「馬老闆說得很有道理。」沈揚說道。

「紙上談兵的確沒用。」楊慕秀補上一槍。

「這並不重要，」林秀花雙手叉腰，「重點是：說要抓漏，幹嘛去檢查床頭櫃。」

「說的也是，」楊慕秀同意道：「漏水的問題應該和床頭櫃無關。」

「他是嫌犯B，」沈揚停頓了一下，「接下來第三個人是以什麼藉口出場？該不會是電力出了問題？」

「你真是太厲害了，一猜即中。」林秀花的眼睛發亮，雙手做出膜拜的動作。「六點的時候，門鈴又響了……」

「這次來的是一條龍？」楊慕秀搶著說話。

「你怎麼知道？」林秀花口氣中難掩驚訝。

「先是猴，然後是馬，按照十二生肖的排序推測，再來應該是龍。」

「果然是有其子必有其母，」林秀花笑道：「但是人家不姓龍，名字裡倒是有個龍——葉京龍。我都叫他阿龍。」

「你對阿龍的印象不錯？」

林秀花面露欣賞地猛點頭。

「他是青田國中三年級的學生，下課後時常去變電所實習。他覺得自己不會念書，很早就決定不升學，打算在變電所學習一技之長。」

「國三生怎麼可以在變電所實習？」楊慕秀提出質疑，「太危險了吧？」

「哪會危險？」林秀花搖搖手，以理所當然的口氣說：「在我們鎮上，國三生是最高年級的學生，不管要不要繼續升學，都得做好榜樣給學弟妹看。」

沈揚暗地尋思，他在鎮上只看到小學生和國中生，十五歲以上的青少年倒是沒遇過。這些人都跑哪兒去了？

「我喜歡阿龍這小孩。他也許不夠聰明，但是很務實，又可以講道理，」林秀花臉上露出笑意，「而且他跟我兒子一樣高。」

「他說電力出了什麼問題？」沈揚很掃興地轉回正題。

「抱歉，扯太遠了，」林秀花斂容說道：「他跟我說——」

「變電所發現你們這一區的電壓不穩定，所以派我來檢查。」

「怎麼會派你這個實習生過來？」林秀花問道：「那些正職的工程師呢？」

「五點半一下班，所有人就都跑光了，可以派遣的人員只剩下我一個。」

「很好，吃苦當吃補，就當作多一次學習的機會。」林秀花說道：「你要從哪裡開始查起？」

「麻煩你把總電源關掉，我要用電表測試每個房間的插座。還有，請守在總開關旁邊，我需要你幫忙切換電源。」

「沒問題。」

配電箱安裝在客廳牆上。林秀花按照指示逐一切換開關閘，葉京龍則拿著電表儀器從客廳開始測試，然後沿著走廊依序檢測餐廳、廚房，以及後面的房間。

「一切都很正常。」檢測完畢後，葉京龍走到客廳對林秀花說：「電壓也很穩定，應該不會出現停電或跳電的情況。」

「那就好。晚上要是停電，我還真的不曉得該如何打發時間。」

最後，林秀花送葉京龍到門口。葉京龍跨出門檻時，突然轉身對林秀花說：「你兒子的房間很酷，看得出來他超喜歡棒球，很遺憾他一場球都還沒打就離開人世。」

林秀花聞言，心中感到一陣悽苦，眼眶也泛起淚光，情緒激動地難以言語。

「花媽，你保重。」葉京龍掏出幾張衛生紙遞給林秀花。「我會找時間再來看你。」

她頻頻拭淚，依依不捨地看著葉京龍轉身離去。

「真是個好孩子。」

「年紀輕輕就很有想法。」

「腳踏實地追求自己的夢想……」

「體貼又善解人意，溫暖了我的心……」

兩名中年婦女以感性的口吻，連番說出一籮筐讚美之詞。

「連我聽了也為之動容。」楊慕秀說。

「後來我一整晚都很開心，就好像老天爺把兒子還給我了。」林秀花接著說。

「直到發現繪本憑空消失。」

沈揚一開口，兩位女士飄飄然的心情頓時墜入谷底。他就事論事的語氣，破壞了先前溫馨感人的氣氛。

「你在暗示什麼？」林秀花用力瞪著沈揚。

「葉京龍是嫌犯C。」

「他不可能拿走我兒子的繪本。」

「他私下待過你兒子的房間。」

「他表現得光明磊落，沒有躲躲藏藏，況且他待在房裡的時間很短，了不起就五分鐘。」

「也許五分鐘就夠用了。」

「你為什麼要衝著他來？」一來一往的對話開始出現火藥味。

「我一視同仁，並沒有特別鎖定任何對象。」

「我有，」楊慕秀舉手提出自己的觀點，「本人投馬老闆一票。他待得最久，時間上最充裕。」

「侯師傅的嫌疑也很大，」林秀花跟著表態，「他對我兒子房間的興趣大於雜物間。」

沈揚環顧四周。這個房間很難不讓人多看幾眼。

「從大前天晚上到今天，還有沒有人動過你兒子的房間？有沒有其他東西不見？所有東西都維持原狀？」

「我坐過他的床，除此之外，沒動過任何東西，也沒有其他東西不見。」

他走到書桌前，拉開椅子，蹲下來察看。

「我倒是覺得葉京龍比較可疑。」

「唉呀，你該不會吃醋了吧？」楊慕秀露出調皮的眼神。

「我才沒這麼無聊。」

「因為我對人家讚不絕口，」楊慕秀走過去握住沈揚的右手，口氣戲謔，「你就故意懷疑他？」

沈揚面無表情地甩開她的手，把椅子拉到房間正中央，指著座椅說：「你們看，上面有一對鞋印。」

「咦，真的耶，」林秀花驚訝地說：「我沒留意到。」

這對鞋印非常完整清晰，簡直就像拿著印章蓋下去一樣，差別只在於印章比鞋印小多了。

「這該不會是你踩上去的吧？」楊慕秀對林秀花說。

「我剛才說過了，」林秀花答道：「我都光著腳踩在床上伸手拿書。」

「大致上可以排除女性嫌犯，」沈揚說道：「這對鞋印比我鞋子的尺寸大，按理說應該是男性留下來的，一般女性的腳沒這麼大。」

「等一下，」楊慕秀問道：「你是憑這對鞋印，斷定繪本是阿龍拿走的？」

沈揚點點頭。

「你見過阿龍本人？」

搖頭。

「你知道他穿哪種款式的鞋子？」

再搖頭。

「鞋印上面有他的簽名？」

又搖頭。

「這我就不懂，你為什麼覺得是阿龍的鞋印。」

「我也不懂。你得給我說清楚，講明白。」

兩位女士咄咄逼人，像在逼供犯人似的。

「很簡單，」沈揚氣定神閒地說：「就因為這對鞋印太完整了。」

6

兩位女士面面相覷，不知該作何反應。

「太完整也不行嗎？」林秀花好不容易才作出回應。

「林阿姨，」沈揚問道：「會不會有人趁你不在的時候，拿走你家的東西？」

「不可能，」林秀花毫不猶豫地說：「我們鎮上的治安非常好，絕對不會發生闖空門的事件。」

「是嗎？你家沒安裝監視器，也沒有防盜系統，想要侵入你家很容易。」

「相信我，」林秀花斬釘截鐵地說：「這裡的犯罪率非常低，鎮上的居民絕不容許有人做壞事。」

沈揚看了楊慕秀一眼。她似乎處之泰然，一點也不覺得林秀花那一大串漏洞百出的說法實在很奇怪。

「既然這樣，」沈揚半信半疑地說：「我們可以先縮小範圍，鎖定嫌犯是當天來過你家的那三個人。」

「我也這麼覺得。」

「儘管各有不同的藉口，但我們假設他們三個人的目的都一樣：找出繪本《彩虹》，然後帶走它。」

「我同意。」

「《彩虹》放在牆上，你必須站在床上，才能拿到它。」沈揚看著林秀花說：「不過，其實也可以踩在椅子上。」

「沒錯。」

「這麼一來，侯師傅就淘汰出局了。他的膝蓋不行，要他爬樓梯難如登天，那麼爬椅子也是要他的命。」

「對喔，」林秀花雙目圓睜，「我怎麼沒想到？」

「說的也是，他自己說過如果沒人扶一把，根本上不了樓梯。」

兩位女士都露出恍然大悟的表情。

「至於馬老闆，他要爬上椅子並不困難，」沈揚繼續往下分析，「但是他走路外八，你們還記得吧？走路外八的人，鞋子的外緣很容易磨損，所以鞋印應該會少一塊。」

「我懂了，」楊慕秀眼睛發亮，不禁拍案叫絕，「他的確不可能留下完整的鞋印。」

「太厲害了，你真是觀察入微。」林秀花一臉佩服。

「用消去法來篩選，只剩下一個人有可能留下完整鞋印。」

「阿龍。」她們倆異口同聲地說。

「我的任務完成了，你去找他拿繪本吧。」

沈揚轉身要走，卻被林秀花伸手拉住。

「你就好人當到底，幫我去把繪本拿回來吧！」

「為什麼叫我去？」他略感意外。「聽起來他還蠻關心你的。只要動之以情，相信他會雙手奉還。」

「我不曉得他在不在家，況且……」林秀花支支吾吾，瞥了楊慕秀一眼。

「我不太想跟他父母打交道。」

沈揚心裡暗忖，看來其中必有隱情。不過，這不關他的事。

「你就幫阿花跑一趟嘛，」楊慕秀幫忙遊說：「反正時候還早，現在才下午一點多。」

「我功課還沒寫完。」

「送佛送上西天嘛，」楊慕秀再三遊說：「你快去快回，把事情搞定，寫功課的時間絕對綽綽有餘。」

林秀花雙手合十，露出萬事拜託的表情。沈揚看著她，心裡很想拒絕對方，偏偏老媽胳臂往外彎。

「葉京龍住在哪裡？」

「我把地址抄給你，」林秀花喜出望外地說：「他家不會很遠。你待會兒走出巷子之後左轉，沿著大路一直走，過了六個紅綠燈路口之後的第一條巷子右轉，就會看到一家雜貨店……」

林秀花停下來，意識到沈揚面露難色。

「對了，我兒子的自行車可以借你騎，他不會介意的。」

沈揚暗自苦笑。死去的人會在意這種事嗎？

林秀花轉身走向餐廳，將停在牆邊的自行車推出來。這台變速自行車的車況看起來還不錯，顯然被人細心維護著。

「總之，雜貨店不難找，阿龍這孩子也很乖，如果沒去變電所實習，星期天通常待在家裡幫忙顧店。」

林秀花把自行車推到門口。沈揚站在門外仰望天空，暗自嘆氣。幸好沒出大太陽，不然得曬成人乾了；但是烏雲密布，不知道會不會下雨。

「我出面像是興師問罪，你出面的話還可以息事寧人，悄悄把東西拿回來，不必引起人家爸媽的注意。」她解釋道：「一切全靠你了。」

「你可以的，加油。」楊慕秀也在旁敲邊鼓。

兩位女士的態度都相當樂觀，彷彿這是個再簡單不過的任務。

從結果來看，其實並不簡單。

店面好找，人卻難尋。

傳統雜貨店若出現在大城市倒是很稀罕，在鄉下卻很常見。端坐在櫃台後面的中年男子相貌俊秀，戴著金邊眼鏡看雜誌的模樣，讓人覺得他是坐在辦公室裡的精英分子，而不是顧雜貨店的凡夫俗子。沈揚踏入店面時，迅速將周遭環境看了一眼。牆上掛了好幾個相框，有三人合影的照片，也有個人獨照。在這些家庭照中，眼前這位英俊大叔應該就是相片中的爸爸，而幾張照片中的小孩年齡或有不同，但長相差別不大，沈揚猜想此人八成就是葉京龍。

「你好，我找葉京龍，」沈揚走近櫃台，對大叔說道：「我是他的同學。」

大叔抬眼從雜誌上方瞄了一下沈揚。

「他不在。」

大叔的視線移回雜誌，對沈揚視若無睹。

「我可以在哪裡找到他？」

「不知道。」

「他什麼時候回來？」

大叔搖搖頭，連話都懶得講了。和他兒子比起來，雜誌裡的內容似乎更能吸引他的注意。

「打擾了。」

碰了軟釘子，沈揚無計可施，只好走出店面，一邊推著自行車，一邊思考下一步該怎麼辦。此時，身後突然傳來急促的腳步聲。回頭一看，有個相貌平凡的中年婦女朝他跑過來，是照片中的媽媽。

「等一下，」她跑到近處，停下來大口喘氣，然後說道：「你是阿龍的同學？」

沈揚不想說謊，於是用模稜兩可的態度點頭。

「我沒見過你。」

「我——」沈揚遲疑地說：「我是新來的轉學生。」

中年婦女皺著眉頭思索著，眼神突然銳利了起來。

「我知道你是誰了，」她的態度變得很不客氣，「你不要帶壞我的小孩。阿龍的右臂受過傷，整隻手已經麻痺沒知覺了。」

「我不懂你在說什麼。」

「你很會幫人家找東西吧？」中年婦女問道。「像你們這種人太過聰明，一不小心就會變成罪犯，因為你知道東西藏在哪裡。」

沈揚心想：「這是哪門子的謬論？真叫人無言以對。」

「你不是什麼好人，我一眼就看出來了，否則不會來到這裡。」

真是欲加之罪何患無辭啊。

「伯母，」沈揚客氣地說：「你是葉京龍的媽媽吧，我只是來找你兒子問幾個問題而已。」

「騙肖！你跟他們是一夥的吧？」

「他們？他們是誰？」

「別裝蒜了，自從星期五傍晚他們來了之後，阿龍就一直坐立難安、魂不守舍，問他怎麼回事也不肯說。平常星期天會幫忙顧店，現在卻不曉得跑哪裡去了，只說一定會回來吃晚飯。」

「星期五有人來找葉京龍？」他覺得不對勁。不是星期四嗎？怎麼多了一天？「是星期五嗎？」

「對啊！第二天星期六不用上課。我本來以為他們會聊久一點，結果我老公一根菸還沒抽完，他們就離開了。」

「他們總共幾個人？」沈揚問道：「伯母以前見過他們嗎？」

阿龍媽搖搖頭。

「來了三個人，全都騎自行車，戴了頭盔，遮住一大半臉孔，其中兩個在門外和阿龍講話，另外一個走進來買東西，好像買了……」她閉上眼睛回憶，再度睜眼時似乎有了答案。「買了一盒火柴。對了！那個人從背後口袋掏出皮夾要付錢時，露出後腰有塊肥皂大小的刺青，顏色是紅色的，圖案有點像……英文字母A。」

「A？」

「形狀比較複雜的A，」她露出厭煩的表情說道：「兩隻腳底尖尖的，中間那一橫往外凸，右邊那一端有個類似方塊的東西。」

「這是什麼意思？」

沈揚的喃喃自語，被阿龍媽聽見了。

「你問我，我問誰？」

7

「問我就對了。」

「真的嗎？」

明知道盧振東是消息靈通的情報專家，但是當他露出了然於胸的神情時，沈揚還是有點驚訝。

「這是個祕密，但不算是天大的祕密。」

沈揚的一通電話，勾起盧振東的興趣，兩人隨即相約在「ＤＷ」速食店碰面。盧振東拿了張紙放在桌上，用鉛筆寫了個A。他把中間的那一橫延長出去，然後在右側盡頭加上一個小梯形。

「這是一支槌子，要打破所有的藩籬和限制。」

他將A字的兩條斜線畫粗，然後把右斜線的底部修飾成一支筆，接著拿橡皮擦塗拭左斜線的底部，畫出一根尖針。

「這是一支圓規，要制定自己的目標和理想；圓規的其中一腳是支筆，要寫出自己的心聲和主張。」

「有這麼多哏啊，」沈揚不禁心生佩服，「是誰設計出這個圖案的？」

只見盧振東緊抿嘴脣，臉上難得流露出一絲不甘心的神情。

「這我就不知道了。」他停頓了一下說：「有可能不是獨立設計，而是出自一群人的靈感和理念。」

「一群人？」沈揚想了一下。「對了，阿龍媽說有三個人去找他。」

他掏出口袋裡的火柴盒放到桌上。這是他跟阿龍媽要來的。

「其中一人買了這個。」

盧振東拿起火柴盒查看。

「咦，火柴棒居然是紅色，」他稍微壓低聲調，「如果他們是同一夥，另外兩個人的後腰上，應該也有同樣的刺青圖案。」

「他們總共有多少人？」

「目前沒有確切的答案。」

盧振東有點閃爍其詞，或許是他不願承認自己的情報網尚有不足之處。

「大致上來說，他們是個神祕組織，成員的身分不明，人數不詳，不過有件事可以確定。」他豎起一根手指頭轉著圈子，刻意賣起關子。「年紀不會太大，搞不好跟我們差不多。」

「國中生？」

「不行嗎？」盧振東撇著嘴說道，也許他有瞪眼看人，只可惜效果不彰。

「別小看自己，國中生也能幹出一番大事。」

「他們幹了什麼大事？」

「在建築物的外牆上面繪畫塗鴉。」

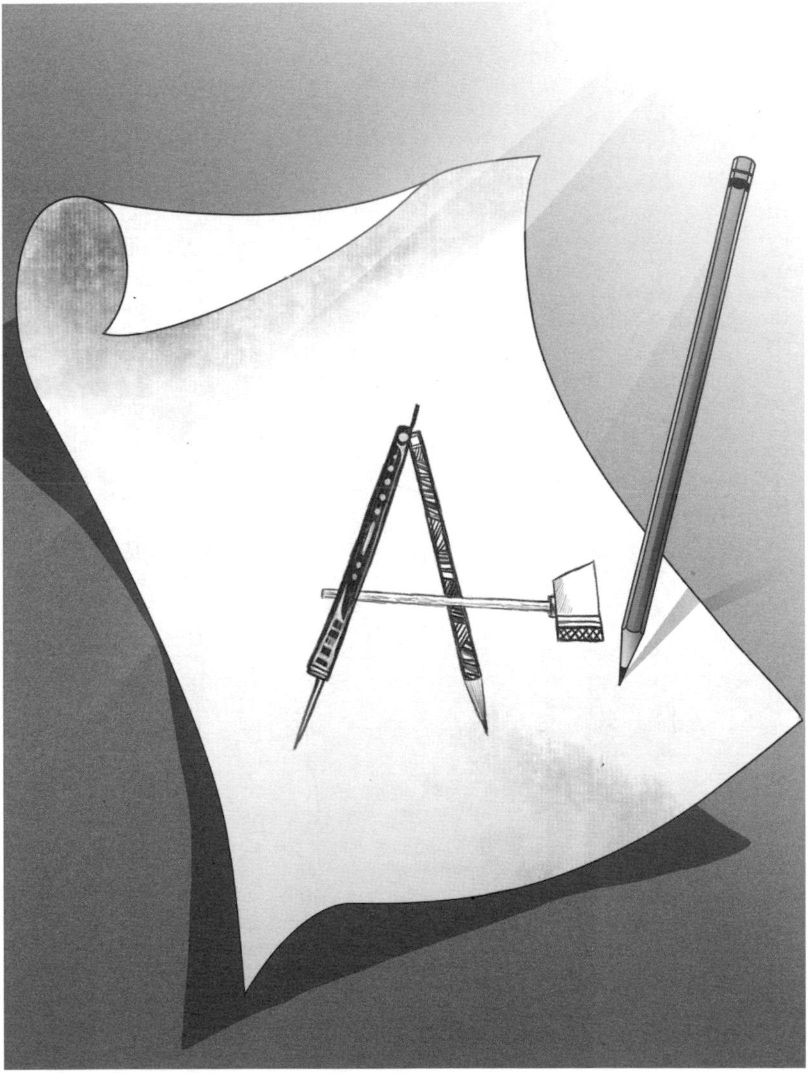

「這樣做有什麼意義嗎？」沈揚一臉疑惑。

盧振東搖頭，豎起的手指也跟著左右搖晃。

「畫什麼並不重要，重要的是行為背後所象徵的意義。A字雖然加工過，但終究還是A，而這個A，其實是Artist的簡寫，也就是說，這群人自稱藝術家，所以這個組織叫做『阿提思特』，一方面提醒自己要思索自我價值，另一方面要藉由先破壞後建設的手段，改造並美化這個世界。」

「好崇高的理想。你覺得他們可能是國中生？」

盧振東嘆了口氣，在紙上又寫了好幾個A。

「一個國中生可能成不了氣候，可是如果有好幾個呢？不要小看眾志成城的力量，」他以食指輕觸腦袋，「最重要的是，你有沒有動動腦、想一想。我認為阿提思特的首腦是個聰明人，擁有絕佳的規劃能力和執行力。他們的作品遍布整個市鎮，醫院、警局、鎮公所的外牆都是他們的目標，因為這些場所都難掩官僚氣息；此外，有些破敗倒塌的房屋建築更是他們揮灑的畫布，一來可以美化市容，二來也讓人不好意思在那裡幹壞事。」

沈揚本來還心存質疑，但轉念之間想到胡智聰的臥室。他也是靠畫筆畫出虛擬球場，藉此創造出一個假想中的完美世界。

「他們都在什麼時間行動？」

「阿提思特很少在眾目睽睽下作畫，即使有幾次在光天化日下行動，但是等有人注意到他們時，那群藝術家往往已經快閃收工了。」盧振東抓著下巴摩娑。「由於宵禁的緣故，他們不太可能在晚上九點以後出擊……我強烈懷疑他們活動的時間，應該是在破曉黎明前後。」

「警方抓不到他們嗎？」

「不是抓不到，而是沒認真抓。」盧振東呵呵一笑。「雖說要抓他們沒那麼容易，但也不難，就看警方願意下多少工夫。這群藝術家神出鬼沒，警察得到線報再趕去抓人，通常都會撲空。其實警方想過要把他們一網打盡，只是埋伏多日卻一無所獲，久而久之就意興闌珊，反正他們也沒幹什麼傷天害理的壞事。」

「真是被動消極。」

「不過事情也沒那麼簡單。」盧振東拿筆輕敲桌面。「我們鎮上的犯罪率非常低，如果警方把牆上塗鴉的行為當作案件來處理，那麼就程序上來說，犯罪率便會飆升，數字就不再那麼漂亮。」

「原來是想吃案。」

「也不盡然如此。」

盧振東又拿出一支三色筆，幫剛才畫出的一堆A著上底色。

「只要不要鬧得太過火，有人願意幫這個小鎮增添繽紛的色彩，相信大家都樂見其成。再者，警方也覺得年輕人精力充沛——」他不給沈揚插嘴的機會，馬上接著說：「對，沒錯，警方也懷疑阿提思特的成員多半是我們這樣的小屁孩，如果封鎖這條年輕人發洩精力的管道，說不定會捅出更大的婁子。總而言之，這就是警方睜隻眼閉隻眼的原因。」

「我得找時間去見識一下。」

盧振東的嘴角露出詭異的笑容。

「有一部分的作品已經不存在了，像是警察局和鎮公所的外牆塗鴉已找人清理掉了，這些公家機關不可能對有戲謔色彩的外牆視若無睹，一定會找人盡快清除。況且……」盧振東拉長語調，賣起關子。「有光就有影，有想要開創新局的藝術家，當然也有希望維持現狀的保守派。」

「有人跟阿提思特唱反調？」

盧振東在紙上寫了一個大大的S。

「有一幫人自稱Saints，身穿白衣白褲，連自行車和頭盔也都是白色系列，不免讓人聯想到『聖徒』。聖徒只在阿提思特作畫的地方出現，動作最快的一次是在阿提思特離開後不到十分鐘，就趕來現場破壞畫作。」

「用什麼方式破壞？」

「很簡單，他們不在乎顏色，也不要求構圖，」盧振東拿出另一張白紙蓋到那堆彩色的A上面，「聖徒用白漆噴灑在牆上，再用滾筒隨意塗抹，只求蓋過阿提思特的畫作就行。」

「知道這些人的來歷嗎？」

「一樣是身分不明，人數不詳，很可能也是十來歲的青少年，差別只在於用色：A這一邊是彩色，S那一邊是白色。」

「聽起來很像是兩群小孩在嘔氣，大玩你丟我撿的遊戲。」

「這也是警方為何不積極介入的原因之一。從大人的角度來看，既然可能是小屁孩在扮家家酒，那就不必追究下去，況且有人幫忙清理牆上的垃圾，警方當然樂得輕鬆。」

「垃圾？看來你是支持聖徒那一派？」

盧振東一邊搖頭，一邊又豎起一根手指左右移動來申明自己的立場。

「垃圾二字是警方的用語，」他解釋道：「我必須說，在藝術方面本人沒什麼天分，不管是抽象畫還是山水畫，在我眼中全都成了情報與資訊。」

「在你心目中，應該還是有傾向某一邊吧？」

「不是任何事情都得選邊站，有時候扮演第三方，反而能以客觀的態度推波助瀾，或是加以制衡，這樣做對大家都好。」

「你講話跟政客好像。」

「謝啦，我把你這句話當作是一種讚美。」從盧振東咧開的嘴形來看，顯然這是真心話。「你等一下應該還會再稱讚我一次。」

「什麼意思？」

盧振東突然眼睛一亮。雖然他是瞇瞇眼，不過沈揚看得出他眼裡充滿了笑意。

「什麼事這麼開心？」

「時間算得真準。」

盧振東舉手向門口招呼，引得沈揚回頭張望。田欣正從門口走進來，依然是一副冷若冰霜的表情。

「她怎麼來了？」

「我請她過來的。」

「找她來幹嘛？」

「你不喜歡見到她？」

「我……」

此時沈揚腦海中突然閃過她蹲在地上逗弄幼犬的畫面。

「別囉哩吧嗦了，」盧振東說道：「這時候你應該像個紳士站起來，為女士拉開椅子，請人家入座，然後問人家要喝什麼。」

田欣來到桌前。沈揚趕緊起身，手忙腳亂地拉開旁邊的椅子。田欣落坐，定眼看著沈揚，臉上的冰霜似乎消融了些。

「你們在聊什麼？」

「我請這位神探相信我，」盧振東的目光從田欣轉向沈揚，「如果要找打架的幫手，我會叫劉剛健過來。既然是找田欣，自然有我的理由。」

他雙手交握放在桌上，將身體後仰靠在椅背上，一雙瞇瞇眼看著他的兩位同學，臉上露出心滿意足的神情。

「太棒了！」他以讚嘆的口氣說道：「老實告訴兩位，上次我們三人攜手合作的愉快經驗，我一直念念不忘……」

8

下午三點五十分。路上的車流不算擁擠，有一半是兩輪自行車。放眼看去，大多數自行車是各走各的，唯一的例外是沈揚和田欣，他們兩台自行車是並肩而行。

離開「DW」速食店之後，他們沿著青田路向東行，偶爾轉入巷弄裡穿梭前進。沈揚不常出門，但也知道鎮中心的東北邊是住商混合區。雖不清楚田欣要帶他去哪裡，不過可想而知，應該會去探訪阿提思特的畫作，前提是畫作還沒被聖徒漂白的話。

「你騎的是變速自行車？」田欣突然講話。

「喔，」沈揚一時沒意會過來，「這是胡智聰的車子，他母親借我使用。」

「你去看過他的房間？」

沈揚點點頭。

「很壯觀吧？」

他想了一下。

「用壯觀這兩個字，似乎不足以傳達那種感覺。」

她瞥了他一眼。

「什麼樣的感覺？」

「有種雄偉開闊的氛圍，很難想像原來只是幾坪大的小房間。最特別的是，那裡的壁畫散發出一種義無反顧的熱情，彷彿要把看畫的人招攬進去。」

「不看棒球的人會這麼說，應該是對創作者的一種禮讚。」

田欣落後半個輪子的距離。邊騎車邊講話可能會有點吃力，畢竟他們的車速不算慢。她騎的是一般腳踏車，並沒有配備變速功能。沈揚配合地稍微放慢了速度。

「你對繪畫有研究？」

「那倒沒有，」她追了上來，「只是喜歡看，也看了不少。」

「你對阿提思特的作品有什麼想法？」

「畫風多變，用色鮮豔，很難相信是出自同一人的手筆。」

「你覺得這是集體創作？」

沿途開始出現各式餐廳、咖啡館等營業場所，打破了水泥建築的單一色調。

「動手作畫的絕對不止一個人，不過，背後應該有個負責操盤的領導者。」她又落後半個輪子。「我個人認為，從作品的呈現來探究，可以看到多種性格：有的部分畫得很草率，像是只打算把空白填滿；有的畫工卻相當細緻，每一筆都顯得戰戰兢兢。然而整體來看，似乎有種冷靜沉穩的脈絡貫穿其中。」

路邊出現一家購物中心，櫥窗內擺了好幾個穿著時尚服飾的假人模特兒。今天是星期日，在裡面閒逛的人還不少。沈揚假裝轉頭張望，放慢了車速。

「你認為這個領導者是個大人，帶領一票小孩四處作畫？」

田欣趁機追上來，而且還超前。

「我只能說，不管這位領導者是大人還是小孩，在表象之下應該還有別的目的。」

「什麼目的？」

田欣遲疑片刻，沒有回答這個問題。

「先不說這個，」她說道：「我不想影響你個人的判斷。我從內部觀察得到某種結論，你從外部觀察或許會有不同的看法。」

話一說完，田欣突然在路口左轉，駛進一條雙向二線道的大馬路全力衝刺，最後在一個十字路口前面煞車。沈揚稍後抵達，發現對角的路口坐落著一棟三層樓高的方形建築，除了左側牆之外，一眼望去通體透黑，就像是個大型黑盒子。

「那是什麼地方？」

「電影院。」

「電影院長這個樣子？」沈揚大感意外。「小鎮上沒有高樓大廈並不奇怪，但電影院設計得像棺材，倒是蠻前衛的概念。」

田欣沒講話，牽著自行車橫越馬路。沈揚尾隨其後。兩人站在路口，看著唯一非黑色的那面牆。

「有什麼感覺？」

沈揚隔著馬路凝視。這面壁畫的構圖不算複雜，有個近乎方型的框架居中，暗褐色的周圍遍布著突起物，框架中間是淡藍底色，白茫茫的網狀物點綴其間。他閉上眼睛，數到五之後再睜開，突然覺得自己好像快要飛起來似的。

「像是站在低處往高處看，四周盡是高牆或大樓，天空彷彿在招喚我。」

田欣聽了沈揚的話後，露出似笑非笑的表情。

「果然是來自大城市的觀點，和我們這些鄉下土包子不一樣。」

「在你眼中看到什麼？」

「你覺得在外圍突起的是什麼東西？」

「如果外圍是高牆，那麼突起物便是雜草或藤蔓。」

「外圍若是大樓呢？」

「大概是樹木或走動的人群吧。」

田欣輕哼了一聲。

「我覺得是一群螞蟻，」她說道：「我們就像那群螞蟻，想離開這裡，卻永遠爬不出去。」

「這是你個人的詮釋？」

「沒錯，我覺得自己是井底之蛙，但是戲院老闆可能不這麼認為。」

放下自行車的支撐架，她退後幾步，傾身倚牆而立。

「據說這個老闆故意把戲院裝潢成黑盒子，他認為看電影就像進入想像力的黑盒子一般。但是當他看到阿提思特把電影院兩側的牆面畫成這個樣子時，反而決定要保留其中一面，因為這幅畫和戲院銀幕有異曲同工之妙，說不定可以帶來絕妙的宣傳效果。」

沈揚雙手抱胸，跟著後退幾步。

第四個故事
尋找不翼而飛的繪本

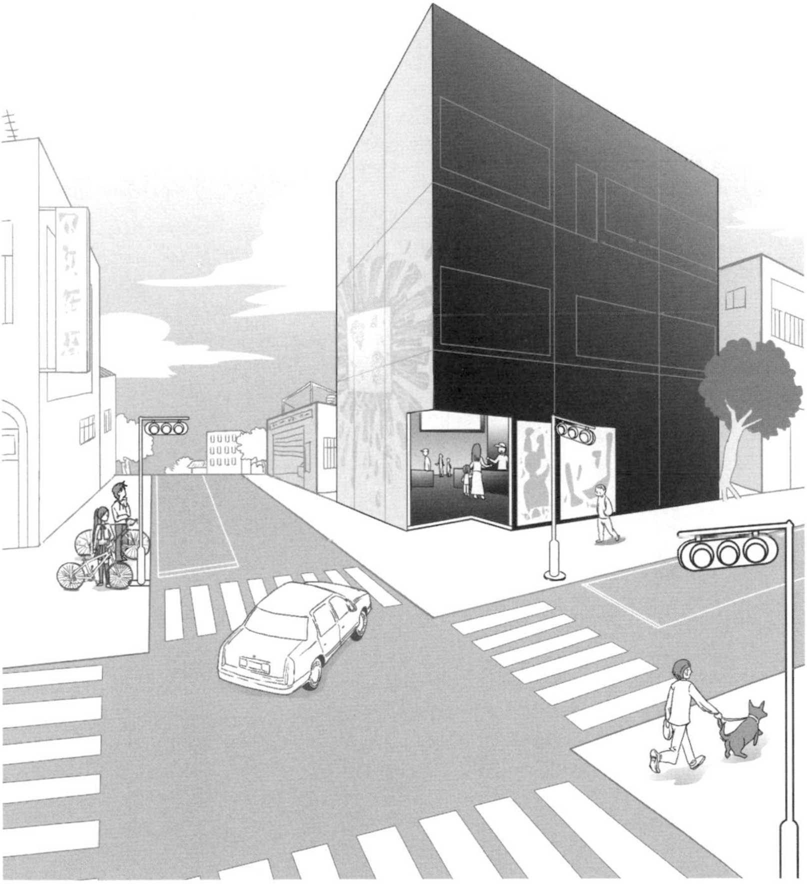

「你覺得阿提思特的意識型態太過悲觀？」

「我的觀點不代表其他人的看法。不過——」田欣抬頭仰望。眼前的天空反而較為灰色陰沉。「是的，基本上我覺得他們的創作是在發洩情緒。對我們來說，這裡的生活很封閉，我們被困在一個兩千人不到的小鄉鎮，國中畢業以前根本走不了，高中之後的日子又不可知。」

「什麼意思？」

「你還沒注意到吧？這個鎮上沒有高中和大學。」

「想要念高中，就得離鄉背井？」

「如果你想繼續升學的話。」她停頓了一下。「這裡的孩子都巴不得趕快長大，幾乎每個畢業生都選擇到外地念書。可能是外面的世界太迷人了，出去的學長姊也沒回來過，偶爾才會有人捎封信報平安。」

「腳長在自己身上，不可能走不了，至少寒暑假我們可以出遠門旅行。」

「沒那麼容易，」她眼神有著淡淡的哀愁，「我們找不到離開的路。」

「怎麼可能？」

田欣搖頭的動作細微得令人難以察覺。

「你還記得怎麼來到青田鎮嗎？」

「先搭火車，接著換客運，然後……」沈揚沉思片刻。「我睡著了，後來被我媽搖醒，這時候就已經抵達青田鎮。」

田欣臉上失望的表情一閃即逝。

「看來神探也是得睡覺啊，」她淡淡地說：「簡單說，我們認為離開鎮上的那條路，被大人們巧妙地隱藏起來了。」

「你是說小鎮的邊緣圍了一層結界？」

她聳了聳肩。

「大概是怕我們一出去就樂不思蜀，不回來了。」

路口的交通號誌轉為紅燈，汽車和自行車紛紛停下來。再過幾個小時後，這條路上將杳無人跡。

「實施宵禁也是基於同樣的理由？」

「從我有記憶以來，就有晚上九點以後不准外出的規定，」她解釋道：

「況且每晚九點過後，空中就會飄蕩著有如魔音傳腦的怪聲。」

沈揚沒吭聲。他不想讓田欣知道他聽不見所謂的怪聲。

「怪聲和宵禁規定的背後有個傳說……」

突然，田欣跳上自行車。

「快走！」

她猛踩踏板，自行車隨即右轉前行，沈揚也趕緊跨上自行車。雖然田欣起步較早，但是沈揚占了變速功能之便，馬上就追了上來。

「快追前面那台藍色自行車！」

沈揚落後前車兩個車身的距離。他全力衝刺，雙腳使勁踩著踏板，身體前傾俯低以減少阻力。即便如此，還是只能緊咬著對方，無法一下子縮短差距。他回頭張望，沒見到田欣，反而看到另一台黑色自行車緊跟在後。他心裡暗忖，前面這台藍色車該不會是在閃躲後方的黑色車吧？

藍色車突然竄入右邊巷子，沈揚稍微煞車減速才不至於衝過頭。他跟著轉彎進去，發現這條曲折蜿蜒的巷子越騎越窄，前方騎士依然不為所動，時而上坡時而下滑，一下子左彎一下子右拐，速度不曾減緩，技術顯然高人一等。

「喂，別逃！」

來自後方的喊叫聲漸弱，想必黑色車落後更多了。沒想到這時眼前突然來個大轉彎，沈揚暗叫不妙，一邊減速一邊傾斜滑行，等他繞過轉角再加速時，藍色車已領先一大段距離，看來要追上它，大概沒指望了。

就在沈揚正打算要放棄時，情勢突然急轉直下，藍色車的後輪像是被無形之手拉高而翹起來，隨即倒栽蔥似的摔下去。沈揚一鼓作氣往前衝，來到近處才緊急煞車。他迅速一瞥，頓時明白是怎麼回事。依據巷子盡頭傳來的噪音和亮光推測，出了巷口應該就是大馬路，一旦衝出去轉進大路，後面的車子便望塵莫及。

劇本本來應該這樣寫，然而在最後關頭，偏偏出現了程咬金——距離巷口五十公尺處，有隻黑貓蹲在那裡。為了躲避這隻貓，藍色車摔得稀里嘩啦。不知那隻黑貓是不是嚇傻了，居然還蹲在原地不動。沈揚發現右前方有條叉路小徑，也只好賭一把了。事不宜遲，他趕緊將藍色車和騎士拖進右前方那條小徑，再抱起黑貓，連同自己的車子躲入同一條小路。約莫十五秒後，狹隘的巷口有輛黑色自行車一閃而過。接下來的六十秒內，再也沒有任何動靜。

好險，賭贏了，沈揚暗自慶幸。看到大馬路，大多數人會加速衝出去，不見得會減速查看旁邊的羊腸小徑。黑車騎士果然也是如此。

沈揚回頭檢視藍車騎士的傷勢，除了皮肉傷，看來並無大礙。他輕拍對方臉頰。騎士睜開眼睛，先是抓了抓頭，接著檢查自己的手臂和腳踝，最後才意識到身旁有人。

「你……你是沈揚！」

「沒事吧？」

「你……你追我幹嘛？」

沈揚還沒回話，蹲在一旁的黑貓突然喵了一聲，像是在發出警訊。他心頭一緊，莫非黑車男沒上當，折返回來一探究竟？他轉頭一看，不禁鬆了口氣。是田欣，總算趕到了。她雙頰泛紅，眼眸晶亮有神，踩著穩定的步伐走過來。

「高寶翔，你是阿提思特的成員？」她問道。

高寶翔。沈揚記得這個名字，也對眼前這張賊兮兮的臉有印象。這人好像是棒球隊的後補選手，最擅長盜壘。要不是黑貓擋路，他可能早已逃之夭夭。

「關你什麼事，」高寶翔毫不客氣地回嗆：「田欣，你到底站在哪一邊？」

田欣往前踏了一步，跨過那隻黑貓。

「我就站在這邊，」她以居高臨下的姿態說：「你最好回答我的問題，否則別想離開這裡。」

高寶翔急得臉上一陣紅一陣白，他看著蹲在身邊的沈揚，然後抬頭看向田欣。「喵！」此時一臉無辜的黑貓又叫了一聲。

最後，高寶翔掏出手機，開始撥號。

9

「什麼？追丟了？」宋銘凱對著手機罵道：「沒用的東西。你不是說十拿九穩？」

坐在桌緣的趙德柱微微一笑，雙腳著地站了起來。他抄起桌上的玻璃杯，走向桌子後方的櫥櫃，選了一瓶金黃色的白蘭地，幫自己倒了半杯。

「有個臭小子冒出來攪局？」宋銘凱用力拍桌。「是他？……你確定是那個小鬼？」

趙德柱拿著酒杯輕輕晃了晃。小房間只開了日光燈，這種平凡無奇的光線，無法為杯中的金黃色液體增添任何晶瑩的顏色。

「我來想辦法，」宋銘凱說道：「你說的那個地方我知道……你不用插手了，我會處理。」

他氣沖沖地掛斷電話，一屁股坐在旋轉椅上，連人帶椅嘎吱嘎吱地轉過身去，剛好看到趙德柱舉起酒杯，面露微笑。

「失手了？」

「廢物一個，說得比唱得還好聽，」宋銘凱罵道：「害我連星期天都不能休息。」

「你確定高寶翔是阿提思特的人？」

「就算不是，也一定跟他們有關。」

趙德柱閉起眼睛，嗅著酒香，露出滿意的表情。

「冒出來攪局的該不會是沈揚吧？」

「除了他還有誰？」

趙德柱輕啜一口酒。

「你確定沈揚就是『那個人』？」

「我覺得八成是他，」宋銘凱胸有成竹地說：「這小孩真的與眾不同，連孤傲的田欣都跟他聯手合作。」

「田欣？」趙德柱頓時睜開眼睛。「怎麼會？」

「出來攪局的是一男一女，男的應該是沈揚，女的好像是田欣。只不過女孩的腳踏車很快就落後了。」

「有她在，」趙德柱皺起眉頭，彷彿手上那杯酒突然走了味，「事情就麻煩了。」

「你打算怎麼辦？繼續追查下去？」趙德柱問宋銘凱。

「不然呢？」宋銘凱以斷然的口吻說：「既然知道那本繪本很重要，當然得弄到手才行。」

趙德柱伸手到櫥櫃內部，取出擺在右邊的一本黑色封面巨型相簿。

「要動用裡面的天使名單？」

宋銘凱伸手欲接，卻又臨時收手。

「不用了。」

他用左手抓著右手，按摩每個指關節，像在掩飾自己的猶豫不決似的。

「叫小馬去處理，那傢伙不是老說自己很會騎單車？」

「吹牛我也會，」趙德柱語帶不屑，「三天前他不是才鎩羽而歸？」

「總要給人家第二次機會，」宋銘凱面無表情地說：「如果每一次都用過即丟，天使名單很快就會形同虛設。」

趙德柱放下那本黑色相簿，他的動作很緩慢，彷彿捨不得讓它離手。

「我說趙組長啊……」

猶如一語驚醒夢中人，趙德柱愣了一下才轉身。

「你可別幸災樂禍哦，」宋銘凱冷笑道：「我會做好我的工作，也請你盡到自己的本分。我這邊要是出了狀況，相信你也脫不了干係。」

「我自認沒有失職，」趙德柱一臉鐵青、理直氣壯地說：「我一直很努力掌握學生的動向。」

「重點是分化他們，不能讓這些小孩同仇敵愾、團結起來。」宋銘凱收起笑容，正色說道：「別忘了派你來當生教組長的初衷。」

「我記的很清楚。」趙德柱一口乾掉剩下的半杯酒。「你可別忘了，高寶翔這個名字是我提供給你的。」

「如果我沒記錯，這個小鬼好像有前科。」

「順手牽羊。」

「有前科就好辦了，很快可以查出他的下落。」

「你要啟動『電網』？」

宋銘凱笑而不答，彌勒佛般的招牌笑容再度展現。

一行人呈三角隊形往西前進。高寶翔的單車帶頭領路，沈揚和田欣在後並排而行，時速維持在二十五公里左右。沿途的景觀越走越顯荒蕪，商業區逐漸撤退，住宅區零星散落。難得出現兩、三間連棟的木造平房，但緊接著又是一大片空曠的黃土地。這一區的土質可能不適合開發，沒有建設案進行，只有三三兩兩的孩童與大人在此玩耍。沈揚還記得前一陣子曾經西行，路的盡頭是青山打擊練習場。看來西北邊也一樣是未開發地帶。

「我們要去青山坡？」田欣問帶頭的高寶翔。

藍色單車不疾不徐地前進，車上的騎士回頭一瞥。

「那裡是我們的聖地。」高寶翔答道。

「聖地？什麼聖地？」田欣繼續提問。

「阿提思特的成員都去那裡修行，」他停頓了一下，「我很少去。我還不夠格。」

先前高寶翔透過手機向阿提思特請示，得到帶他們同行的許可，但他聲稱自己只是跑腿的小嘍囉。

「阿提思特總共有幾位藝術家？」

「不知道。我只接受一位藝術家的指導。」

「哪一位？」

高寶翔閉上嘴巴，接下來不管田欣問了什麼事情，他都一概拒絕回答。

沉默使得這段旅程更顯冗長。

三台自行車通過一道水泥拱橋。有條南北向的河流從橋下經過，然後在二十公尺外的地方垂直左轉，貫穿了遼闊的黃土地，與大馬路呈平行線向西行。

「這就是青山河，鎮上唯一的河流。」田欣說道。

沈揚心想：水流平緩，大概很難為這片貧瘠的土地帶來養分。它從青田鎮的西南邊北上，到了西北部再向西行，所經之處都是鎮上最荒涼的區域。它無法成為當地的景觀特色，也改變不了這片土地的命運，既然如此，這條青山河存在的意義為何？

沈揚發現河的對岸停了一輛箱型車，旁邊有個人坐著輪椅，較遠處有兩個小孩單手騎車追逐，空出來的手將小白球丟在空中拋接。

「那不是高教授嗎？難得他會出門。」田欣說道。

高教授是來看孩子玩耍，還是來思索河流存在的意義呢？不知怎地，沈揚突然有種莫名的激動湧上心頭。

「田欣，」他問道，試圖轉移注意力，「你是因為胡智聰，所以才盯上高寶翔？」

田欣露出興致盎然的表情反問沈揚：「怎麼說？」

「阿提思特在鎮上四處作畫，這件事不管從什麼角度來思考，一定會指向胡智聰。以他那手鬼斧神工的繪畫技巧，很難不讓人把他跟阿提思特聯想在一起。」

「然後呢？」

「有人想要拿走胡智聰的繪本，但我們不曉得那本《彩虹》的重要性何在，想必應該也和阿提思特有關。」沈揚停頓了一下，調整自己的呼吸。「你發現高寶翔經常出現在阿提思特的壁畫現場，又想到高寶翔和胡智聰都是棒球隊的一員，一下子就將所有的線索全都串連起來了。」

「所以呢？」

「《彩虹》藏得很巧妙，外人根本找不到。板凳上的候補球員，有的是機會在一起閒扯淡，說不定一個不小心就說溜了嘴。讓這個知道藏書地點的人去通風報信，於是阿提思特派出人手，設法搶得先機，率先拿到繪本。」

「你的推理能力真不是蓋的，一想就通。」

「我能想通的事情，別人也可能想得到。」

「說的也是，難怪先前有另一台自行車在追他。」田欣老神在在地說：

「不管我們面對的競爭對手是誰，反正目前路上只有我們三台車，前面沒人，後面也沒追兵，暫時應該還用不著擔心。」

「原來神探共有兩位啊，」高寶翔冷冰冰地說：「前面有段上坡路，難度不低，你們還是先過了這一關，再繼續高談闊論吧。」

看不到的危機，並不表示不存在，田欣忘了有句話叫做「螳螂捕蟬，黃雀在後」。

10

這段上坡路花了他們十分鐘，下坡卻只用了六十秒。

田欣一行人無意追求刺激快感，之所以全速下滑，完全是情勢所逼。就在三人半騎半推好不容易爬上斜坡，正稍作休息之時，一陣轟隆隆的馬達聲從山坡下傳來。回頭一看，一輛軍用摩托車逐漸逼近，騎車的男人面黃肌瘦、臉長如馬，鼻頭上有顆黑痣。這輛摩托車掛了邊車，上面坐著一個小老頭，雙手緊抓車身，一臉凝重。

「不妙，」高寶翔叫道：「是馬老闆和侯師傅！」

沈揚沒遇過這兩位，如今一見廬山真面目，和自己的想像相去不遠，只不過馬老闆棄自行車不用，改騎摩托車了。

「快走！」

高寶翔跨上自行車，一溜煙往下衝。沈揚和田欣也立刻上車快閃。

「哈哈哈！」後頭傳來嘶啞的叫喊聲：「別逃！」

三人全力往下衝刺的自行車雖然速度飛快，與追兵之間的差距卻沒有拉大。來到平地時，輕便的自行車更處於弱勢，眼看就快被摩托車追上了……

「再不停車，休怪我不客氣。」

馬老闆試圖追撞他們的車尾。沈揚和田欣各自散開後，摩托車便鎖定正前方的高寶翔為目標，對藍色自行車窮追不捨。不過這小夥子的騎車技術高超，對方一靠近便左右搖擺，一時半刻也奈何不了他。這時坐在邊車的侯師傅雙手往胸前背心口袋一抓，隨手甩出，只聽到咻咻兩聲，緊接著自行車瞬間翻覆，滑行了一小段距離才停止。

侯師傅又從懷裡一掏，取出兩把三寸長的飛刀。這次沈揚看得分明，於是雙腳使勁踏板，迅速駛入田欣與摩托車之間。侯師傅獰笑著，以食指和中指夾著飛刀，雙手來回甩動後，出其不意地把刀射向沈揚的輪胎。所幸沈揚早有準備，飛刀命中輪胎時，他就跳下車，並順勢往地上一滾，此刻摩托車已揚長而去。

沈揚起身拍掉衣褲上面的塵土時，田欣剛好掉頭回來，臉上掛彩的高寶翔則一瘸一簸地走向他們。兩台輪胎扁塌的單車橫倒在地。

「三人一車，沒戲唱了。」田欣說道。

「這附近有條捷徑，」高寶翔答道：「跟我來。」

高寶翔轉身朝路旁的階梯前進。沈揚站著不動，心裡猶豫不決。這案子比想像中複雜，區區一本繪本，竟然勞師動眾，引發小孩和大人之間的戰爭，甚至有人不惜動刀見血也要搶到它。他真的要蹚這渾水嗎？

「我需要你的幫忙，」田欣目不轉睛地看著沈揚說道：「我要知道真相。」

又到了抉擇的時刻。幫或不幫，這是個難題。沈揚很清楚人們經常為真相所困擾：得不到它，煩憂沮喪；得到它，人生卻不見得會變得更美好。

雖然還有疑慮，但是沈揚在田欣期待的目光中，終於跨出腳步，跟隨高寶翔上山。

高寶翔口中的捷徑，是一條彎彎曲曲的山路。一行人爬上斜坡，步入深邃的森林，蟲鳴鳥叫聲在晦暗的樹林間迴盪。抬頭可見從樹梢間隱現的天空，跨步可聽見落葉摩擦地面的窸窣聲，流瀉而下的日光被層層枝葉阻撓，走在林間如墜五里霧中，令人分不清東南西北。帶頭的高寶翔左彎右拐，腳步迅速不見遲疑，顯然對這裡的地形知之甚詳。

「你不是說很少來這裡？」邊走邊喘的田欣問道。

「這段山坡路我常走，上面的聖地我只去過一次。」

山路時而陡斜、時而平緩，有幾度田欣必須借助沈揚搭把手才得以爬上坡道，到後來兩人幾乎手牽手爬坡。

「這附近有河流嗎？」

沈揚依稀聽到流水聲，而且爬得越高聲音越顯湍急。嘩啦嘩啦的水聲，聽在耳裡分外叫人口乾舌燥。

「山上有瀑布。」

三人終於登上山頂。眼前是一塊平地，較遠處又是一片森林，迷濛之中沒有漫天紅霞的夕陽，只見灰茫茫的落日。天色已暗，前方有條消瘦的人影背對著他們。聽到腳步聲時，那人轉過身來，頭上的單車帽盔遮住臉孔，身上穿著藍色的運動服，正如傳聞中阿提思特的裝扮。

「終於上來了，」那人看著沈揚和田欣說道：「原來你們真的在交往。」

此時，被點名的沈揚和田欣兩人突然回神，意識到彼此還牽著手，於是趕緊放開。

「怎麼搞得如此狼狽？」藍衣人注意到沈揚身上有汗痕，高寶翔的衣褲也磨破好幾處。

「馬老闆和侯師傅追來了。」高寶翔答道。

「是嗎？」藍衣人一副有恃無恐的模樣。「全是為了我手上的東西而來。」

他從手中的塑膠袋中拿出一本繪本，彩色封面上印著「彩虹」二字。

「這些自以為是的大人，」藍衣人以不屑的口氣說：「完全不曉得這本繪本的重要性，也不知道自己為何而戰。那兩個老傢伙只配當棋子，盲目地受人擺布。」

「你似乎很了解這本繪本的重要性？」田欣問道。

「8C的冷面判官，你為何而來？」

「繪本的內容應該和阿提思特的行動有關，我想知道真相。」

「真相就是，」藍衣人露出別有深意的笑容，「我們在美化市容。」

「我想知道你們檯面下的目的。」

藍衣人沒有回答田欣的問題。他將繪本放回袋子裡，轉向沈揚。

「8C的名偵探，你明白自己在幹什麼嗎？」

「受人之託，忠人之事。」

「真是令人感動，」藍衣人輕輕晃了晃塑膠袋，「你不想知道我們的祕密？」

「我不想介入你們和大人之間的紛爭。」

「現在可以不想，但將來還是得選邊站，」藍衣人停頓一下，「只要你留在鎮上，就不可能一直獨善其身。」

「將來的事，將來再說，」沈揚說道：「現在我只關心一件事，怎麼樣你才肯還書？」

藍衣人轉身，側面朝著夕陽。

「抱歉，這本書我們還要再借用一陣子。」

「胡智聰的母親很需要它。」

「幫我跟花媽說聲抱歉。繪本放在我這邊，絕對比放在任何地方安全。」

「這件事不是你說了算……」

田欣忍不住插嘴，但是話還沒講完，一個大嗓門突然從後方響起。

「沒錯，這件事不是你們這些小屁孩說了算，」洪亮的男中音說道：「要本大爺說的話才算數。」

眾人一起回頭，看見馬老闆和侯師傅大搖大擺地走過來。

「小朋友，功課寫完了沒？」侯師傅的聲音嘶啞像老菸槍。「快快回家去，外面有很多壞人喔，嘿嘿嘿。」

「繪本放在袋子裡吧？」馬老闆指著藍衣人手中的塑膠袋。「要走可以，東西給我留下來。」

「有本事就自己來拿。」話聲暫歇，藍衣人已轉身快跑，高寶翔也跟著拔腿狂奔，兩人頓時沒入森林。

「臭小子，又要考驗我的腳力嗎？」馬老闆身形一閃，整個人像箭一樣衝出去。侯師傅氣得齜牙咧嘴，一邊喃喃抱怨「欺負我老人家」，一邊硬著頭皮往前追。沈揚和田欣互看一眼，默契十足地追了上去。六人分三組人馬，在樹林間展開追逐戰，戰利品是

《彩虹》繪本一冊。

年輕人動作敏捷，在森林裡東躲西閃占盡便宜。就連馬老闆這個運動健將，也是一籌莫展，只能像跟屁蟲一樣追著跑。天公不作美，斗大的雨珠淅淅瀝瀝落了下來，山路變得泥濘一片。對年長者來說，這真是一場及時雨，少年人滑倒幾次之後，便不敢再盡全力奔跑，反而給了馬老闆追上來的機會。

「哈，真是天助我也。」

不過藍衣人也懂得臨機應變，敵人一旦逼近，他立刻將袋子拋給高寶翔。反之亦然，高寶翔也會適時把袋子丟回給藍衣人。光靠空中接力這一招，就把馬老闆耍得團團轉。

「咻！」的一聲破空而去，飛刀刺中藍衣人身旁的樹幹。原來侯師傅也加入戰局。他雙手一揚，又是兩把刀飛出，其中一把不偏不倚射中了尚在空中的塑膠袋。未料漁翁得利的卻是半路殺出的田欣，袋子尚未落地，被她搶先一步撈了就跑。有人擋住去路，她就把袋子傳給沈揚，兩人靠著傳接球的方式，一左一右不斷推進。只可惜不管如何突破與切入，總是找不到出路，宛若陷入迷宮，完全失去方向感，一邊像無頭蒼蠅般亂跑，一邊還得小心侯師傅的飛刀偷襲，有幾次甚至被迫將袋子丟回給藍衣人，免得落入大人手中。

侯師傅像是被逼急了，手中源源不絕的飛刀不再只是恫嚇而已，索性往眾人身上招呼。高寶翔左臂被劃了一刀，痛得哇哇大叫。藍衣人右臂也中刀而鮮血直流，卻半聲也沒吭。

六人冒雨在樹林間追逐，衣服濕了，鞋子也泥濘不堪，就為了搶奪在空中數度易手的袋子。沈揚隱約覺得不對勁，然而騎虎難下，由不得他作壁上觀。從他眼中看來，大家更像是在打一場艱苦的橄欖球比賽。在泥巴路上打混戰已經是困難重重，最糟糕的是樹木林立，形成難以衝刺的天然屏障。再加上裝著繪本的塑膠袋被當作球拋接，拋球者難有準頭，接球者不免會顧此失彼而滑跤，演變成可能是史上難度最高的一場橄欖球賽。

高寶翔突然一個長傳，可是手一滑，準頭完全偏了。藍衣人反應極快，如鯉躍龍門般縱身一撲，正巧接住袋子，並順勢翻了幾個觔斗，飛身衝出森林。

好一個漂亮的成功達陣，只可惜沒有現場觀眾鼓掌叫好。

其他人也跟著陸續跑出森林，眼前來到一片空曠的平地。原來森林是位於兩塊平地之間，前一塊通往下坡的山路，後一塊是像死胡同般面臨懸崖。沈揚一走出森林踏入空地，整個人便完全呆掉。

瀑布。懸崖對面是道氣勢磅礴的瀑布，水流傾洩而下的場面十分壯觀。耳邊盡是嘩啦啦的流水聲，再加上山谷中咆哮怒吼的回聲相互激盪，他覺得耳膜快承受不住。

沈揚摀住耳朵，突然渾身發抖，心臟怦怦亂跳，好像快要窒息了。可惡，偏偏在這個時候發作……

他強作鎮定，反覆深呼吸，一步一步向前。耳畔除了震耳欲聾的流水聲之外，什麼都聽不到。眼前有五條人影在移動，所有人舉手投足都變得慢條斯理，彷彿一部慢動作播放的無聲電影。

只見藍衣人來到懸崖邊，突然跌了一跤，手中的塑膠袋落地，袋子裡的東西滑了出來。是那本《彩虹》！

藍衣人坐倒在地，其他人或跑或跳，為了搶繪本而拚命往懸崖邊飛撲。

快點，沈揚心裡暗忖，不然會來不及。他本能地撲倒在地，不假思索地伸手一抓。好險，抓到了……不可以鬆懈，不能昏過去，一定得死撐到底。只是眼前的視野逐漸變窄了……

11

沈揚慢慢睜開眼睛，四周一片漆黑，前方有兩顆亮晶晶的光點。是星空？他還躺在懸崖邊？

意識逐漸清醒。沒有喧囂的流水聲，只聽見極其微弱的隆隆聲。身體好像在搖晃，但是晃動的幅度太輕微，搞不好是錯覺。

慢慢的，眼睛開始適應黑暗了，五感也逐漸起了作用。觸覺告訴他手指摸到的是軟皮革，嗅覺聞到的是有點熟悉的香氣。他隱約可以看見些許輪廓。眼前這是……像是一張臉……

「你醒過來了？」

是田欣的聲音。他明白了。那兩顆光點是田欣的眼眸。

「你……」腦袋還有些迷糊，一時間說不出話來。

「你抓得我的腳好痛。」

「好痛？」

「你忘啦？你抓住我的腳踝，居然抓出淤青，害我現在走路還隱隱作痛。」

「我……我可以揹你。」

田欣噗哧一笑。

「腦袋秀斗了？」她笑道：「沒想到你也會講這種話，該不會是你這次昏倒的後遺症吧。」

「我昏倒了？」

「好在有你死命地抓住我，我才沒摔下懸崖。不過你卻突然昏迷不醒，害我卡在懸崖邊，幸好有高寶翔拉我上來。」

「繪本呢？」

「掉下懸崖，現在應該沉沒在青山河底了吧。」

「其他人呢？」

「馬老闆和侯師傅立刻衝下山，他們應該會到河裡找書，但恐怕是來不及了。阿提思特的那兩個人也跟著走了，看起來倒是很鎮定。」

「是嗎？」

「大家都白忙一場，繪本可能已經落入河神手中。」

「河神能看書嗎？祂還沒伸手翻頁，書就已經濕答答了。」

「不錯嘛，還可以講笑話。」

沈揚恢復了七、八成視力，從周圍可見的框線和身體下方感受到的柔軟度來推斷，猜測自己正躺在車子後座。

「我是怎麼上車的？」他問道：「你揹我下山的？」

「你頭殼真的壞了，完全推理錯誤。我哪有力氣揹你下山，」田欣在沈揚的額頭輕輕敲了一下，「我打電話向小謎求救。他又找了兩個人來幫忙，一個是費文翔，另一個是劉剛健，他們一起搭費文翔家的轎車過來，是劉剛健揹你下山的。」

「他人呢？」感覺上，後座不像還有第三人。

「他把你弄進車子就走了，他說要把我的腳踏車騎回去。」

「費文翔呢？坐在前座？」

「他也走了。」她說話的語氣裡，似乎帶著笑意。「他說應該運動一下，要把你的車騎回去。」

「輪胎不是破了嗎？」

「我來不及跟他說。」

田欣扮了個鬼臉，然後收起笑容，正色說道：「謝謝你救了我。」

她的眼神堅定，語調溫柔。

「別人都搶著救繪本，只有你，緊緊抓住我的腳。」她停頓了一下。「以後騎車別再禮讓我了。」

冷面判官果然不吃虧，也不占人便宜。

「丟火柴的小男孩，多虧你先前沿途丟下紅色火柴棒，我才追得上你。」她的眼波流動，語氣略顯羞澀。

「即便將來去了天涯海角，還是要記得留下火柴棒，」她停頓一下又說：「不是紅色也沒關係。」

沈揚覺得好多了。他拜託費文翔的爺爺先送田欣回家後，車上只剩下一老一少，前座與後座間的電動閘門也打開了。

「年輕真好，」老翁打開話匣子，「為了共同的目標一起努力，這種感覺太棒了。」

「費爺爺，您誤會了。事情不像您想的那樣。」

「我只知道我親眼看到的事實，」老翁從後視鏡看著沈揚。「你幫忙同學的媽媽找尋兒子的遺物，後來你碰上麻煩，其他同學趕來幫忙。也許這不算是什麼共同目標，可是你幫我、我幫你，大家能互相幫忙，彼此伸出援手，不就是最難能可貴的地方嗎？」

沈揚不知該說什麼才好。對一個習慣獨來獨往的人來說，他的字典裡並沒有「互相幫忙」這個詞。

「您不去接您的孫子嗎？我是說那台自行車的輪胎被戳破了，恐怕他會被困在荒郊野外。」

「偶爾讓他磨練一下也不錯。」老翁挑起眉角，笑呵呵地說：「我那個寶貝孫子啊，天塌下來也很難讓他離開遊戲機，今天居然願意出門幫你們忙，這可是天外奇蹟啊。雖然是有作戲的意味，但是能叫他出來活動筋骨，就已經是天方夜譚了。」

聽到「作戲」二字，沈揚心念一動，彷彿有股電流從腦神經急竄而過，腦子裡像倒帶似地出現一連串畫面：田欣飛身撲接、繪本滑出袋子、藍衣人坐倒在地、飛刀刺中他右臂、他轉身衝入森林、電影院外牆的壁畫、胡智聰房裡的棒球場……

沈揚恍然大悟。在青山坡的時候，他總覺得哪裡不對勁，如今他明白怎麼回事了。

這一切，通通都是安排好的戲碼。

「費爺爺，我先打幾通電話，」他說道：「等一下可以送我去另一個地方嗎？」

「當然沒問題。」老翁露出曖昧的笑容，「恕我冒昧一問，你是要回去找你可愛的小女朋友嗎？」

蛤？連費爺爺也在消遣他。真叫人哭笑不得啊。

給讀者的推理大挑戰

「作戲」這兩個字觸發了沈揚什麼樣的靈感？他想到什麼事情，破解了什麼祕密？在這齣「請君入甕」的連環戲中戲，他被賦予什麼樣的角色？神祕的藍衣人又是誰？

在此再度重申，所有的線索全都呈現在你們面前了，請善用各位的想像力和組織能力，這是齣什麼樣的戲碼，答案即將呼之欲出。

即便是光亮的地方，還是有陰影存在——看來沈揚將會捲入「阿提斯特」與「聖徒」之間的鬥爭。當然，這是後話了。

騎單車是很棒的運動，但是請務必注意安全，畢竟是肉包鐵而非鐵包肉，狂飆時若發生意外，首當其衝的還是我們的肉身啊。

轎車把沈揚送到巷口。他走進巷子，來到雜貨店前面。

沈揚方才已經打電話回家報平安。接下來是正面對決的時刻。

走進雜貨店，櫃檯後面的阿龍爸還在看雜誌，只不過已經換了另一本。感覺到有人走進來，阿龍爸只抬頭瞄了一眼，視線又回到雜誌上。屋子後方傳來談笑聲。沈揚朝著聲音的源頭走了幾步，看到阿龍媽笑容滿面地踏入走廊。她見到沈揚便皺起眉頭。

「你來幹嘛？」

「我有事找阿龍。」

「他不在家！」

這時，有個少年突然站到婦人後方，他身穿家居服，右手臂圈著袖套，留著小平頭，雙眼炯炯有神。他的嘴唇很薄，給人一種冷酷無情的印象。

「媽，你不是教我不能說謊嗎？」他輕拍母親的肩膀說道。

「我就是阿龍，有事嗎？」葉京龍對沈揚說。

「我已經說過了，我只是受人之託，忠人之事。」

葉京龍目不轉睛地看著沈揚，過了半晌才挺身而出。

「出去再說。」

兩個男生一前一後走出雜貨店，留下一臉擔憂的阿龍媽，和一副事不關己的阿龍爸。

「吃過晚飯了嗎？」

「還沒。」

「我才坐下來吃了幾口，你就出現了。」葉京龍搖頭嘆道：「算了，你怎麼知道是我？」

沈揚指著他右臂的袖套。

「袖套是用來遮掩以前燒傷的疤痕，」葉京龍解釋道：「你會找上門來，應該是心中已有定論，而不是來碰運氣的吧。」

「你的右臂剛才被飛刀刺傷，對吧？」沈揚問道：「你媽說你的右臂以前受過傷，早已麻痺失去知覺。」

「真是多嘴，」葉京龍嘰嘴小聲罵道：「那又怎樣？」

「侯師傅的飛刀射中高寶翔時，他痛得唉唉叫。可是當另一把飛刀刺中藍衣人時，他卻一聲不吭且完全沒反應。」沈揚突然伸手用力抓住葉京龍的右臂，「藍衣人就是你。」

葉京龍甩開沈揚的手。

「這只是巧合。」

「有時候，最簡單的答案就是真相。」沈揚說道：「繪本原本就是你拿走的，只不過你扮成受害者，裝得好像很害怕，其實這根本是一場戲，都是你在自導自演。」

「好吧，明人不說暗話，我就是你所謂的藍衣人。」葉京龍搖頭，露出苦笑。

「既然你承認了，請把繪本交出來。」

此時，葉京龍一臉驚訝的神情看著沈揚。

「你不是親眼看到了嗎？繪本已經掉進青山河裡，現在應該已經變成一疊爛掉的廢紙了。」

「還在演戲？」沈揚不留情面地說：「你這齣戲其實有兩場，上半場讓別人誤以為你是受害者，下半場才是重頭戲。你知道我在找《彩虹》，也清楚馬侯兩人在找，因此你在青山坡布置了舞台，引我們上山搶書；你知道馬侯二人隨後就到，所以故意跟我和田欣東拉西扯，等所有的演員都就定位後，你就一馬當先衝入森林，最後讓大家到懸崖邊，目睹《彩虹》掉落深谷的一幕。」

聽到自己的計畫被沈揚完全識破，葉京龍目露兇光，下垂的左手也緊握成拳。

「在山上的時候，我隱隱約約覺得奇怪，後來我終於明白了。為何大費周章把我們引到那邊？那本繪本不是很重要嗎？你對山上的地形環境很熟悉，為何還跑向懸崖邊？那裡明明是最危險的地方，只要一個不小心，就會出人命，或讓繪本有了閃失。果不其然，你的目的就是要讓大家親眼看見《彩虹》掉下山谷。」

「也許我的潛意識覺得，那本《彩虹》不該留在人世間。」

「這麼愛演啊？」沈揚口氣略顯不耐。「你不是要毀了它，而是藉此使出移花接木的技倆誤導大家。掉下水的是冒牌貨，真正的繪本還在你手上吧。」

沈揚伸出手來。

「交出來吧。那不是你的東西，林阿姨有權要回去。」

葉京龍表情猶如緊繃的線突然斷裂，他鬆開左手，糾結的眉頭散開，輕嘆了一口氣。

「真是敗給你了，」他說道：「你在這等我一下。」

他回身走進屋內，不到一分鐘又走出來，手裡提著一個一模一樣的塑膠袋。

「拿去吧。」

葉京龍遞出袋子。沈揚沒伸手接。

「你應該親自物歸原主。」

「原主已經不在了。」他以半惋惜半欽佩的語氣說：「我設下的局被你識破，功勞與榮耀應該都歸你。」

「我不要功勞，也不需要榮耀。」沈揚淡淡地說：「你自己做的事情，應該自己收尾。」

「算我請你幫我這個忙，」葉京龍語氣真誠，「我很關心花媽。拿走她兒子的遺物讓我很過意不去，要再面對她更是令我為難。」

沈揚猶豫片刻，最後伸手接下袋子。

「你可以說我自導自演騙了很多人，但我關心花媽並不是在演戲。」葉京龍停頓一下。「你是聰明人，應該看得出我的心意，我真心誠意地邀請你加入我們。」

「抱歉，我不會作畫。」

「我也不會，」葉京龍舉起右手，「太細膩的動作，我這隻手也做不來。」

他的五根手指僵硬地動了動，然後緩慢地握成拳頭。

「不必操心，執行的部分由其他人負責。我們需要的是精明的頭腦。」

「你們已經有了。」

「阿提思特需要不一樣的頭腦來腦力激盪。」

「抱歉，我不想加入任何一方。」

「你錯了，沈揚，」葉京龍試圖遊說他，「在這個世界上，終究還是要選邊站。我聽說你喜歡獨善其身，可是每個人都需要夥伴。我相信你也一樣。」

沈揚依然不發一語。

「我們相信……不對，應該說，我們知道我們在做對的事情。」葉京龍信誓旦旦地說：「這個鎮上隱藏了一些祕密，也發生過不公平的事情。我們只想找出真相。」

什麼是真相？這個小鎮究竟隱藏了什麼樣的祕密？

雜貨店那邊傳來阿龍媽的聲音。

「講完了沒？飯菜都冷了。」

「好了啦，你們先吃啦。」葉京龍回應了母親，再轉頭面對沈揚。「你身邊總有想要保護的人吧？」

沈揚沒做反應，心裡卻暗自點頭。

「把繪本交給你，代表我們已經釋出善意。」葉京龍接著往下說：「你看過高教授家裡的彩畫。有興趣的話，也可以拿繪本翻一翻。以後要怎麼做，就看你自己了。」

話一說完，葉京龍便轉身走了。

沈揚看著手上的袋子。這是引來各路人馬爭相奪取的繪本。他心裡尋思，要翻開來看嗎？一旦打開潘朵拉的盒子，就怕會越陷越深，再也無法全身而退。

繪本裡面究竟畫了什麼內容？

12

安逸地躺在房間床上。該做的都做了，最重要的是，功課也寫完了。這一天終將結束。沈揚看著放在床邊的塑膠袋，只有這件事還下不了決定。

有些事讓他想不通。

侯師傅和馬老闆以修東西為由上門，其實是要找出繪本的所在，門外另有幫手協助引開林阿姨的注意力。和葉京龍一樣，他們都演了一場瞞天過海的把戲，但好像有人從中作梗，讓安排好的戲碼唱不下去。是誰在攪局壞事？沈揚總覺得冥冥之中似乎另有安排。

回想起來，林阿姨說的「同是天涯淪落人」，和葉京龍說的「你身邊總有想要保護的人」，似乎都意有所指。

阿龍媽為何主觀認定他不是好人？他自認長相雖不討喜，但也不至於「顧人怨」到這種地步吧。

還有剛才那個黑衣人。沈揚走進家門前，碰上了一個黑衣人。此人原本站在轉角暗處，等沈揚靠近才現身。他髮長及肩，身形瘦削，一身黑衣，難怪站在暗處如同隱形，不過他身上飄散出的古龍水味道，卻早已自曝形跡。

「小弟弟，你今天可累了吧？」

「你是誰？」

看身形，沈揚本來以為黑衣人是個女的，但是聽語調，明明是帶有磁性的男聲。

「從鎮中心去到東北邊，然後又趕往西北部，你幾乎跑遍了半個城鎮。」

「你跟蹤我？」

「別說得那麼難聽，我不是什麼跟蹤狂。」他往前跨了一步，沈揚看不清他的模樣，只知道他大約高自己一個頭。「我只是在關心你們母子倆的生活。比方說，你在外面為別人奔波時，我會特別留意令堂在鎮上的行蹤。」

「你認識我媽？」

「認識一個人，不見得要親身相處過，」他身上的味道濃郁幾近嗆鼻，「只要搞清楚她的經歷和身世背景，就可以勾勒出她的一生。」

「你是誰？你到底想說什麼？」

「我只是想提醒一下，你少管閒事，令堂就不會有事。」

「這是在威脅我嗎？」

「姑且說這是善意的提醒吧，只要你選對邊站，包括你母親在內，我擔保你們不會碰上任何麻煩。」

說完，黑衣人便後退幾步，消失於黑暗中。

「等一下……」

「話就點到為止，」帶有磁性的聲音在空氣中迴盪，「後會有期。」

沈揚看不清人影，不曉得他是不是走遠了，只聞到瀰漫周遭的古龍水味漸漸散去。

房門突然打開，嘎吱噪音把沈揚拉回到現實中。接著，楊慕秀探頭進來。

「還沒睡？」

她逕自進來，直接走到床邊坐下。

「阿花剛才打電話過來，要我跟你說聲謝謝。」

「她已經當面謝過了。」

「禮多人不怪嘛，多說幾次又何妨，這表示她是真心感謝你。」

沈揚沒有接話，陷入沉思。

「喂，你在想什麼？」

「媽，我問你，」沈揚決定試探看看，「林阿姨說『同是天涯淪落人』，這話到底是什麼意思？」

楊慕秀沒料到有此一問，突然驚慌失色。

「呃……可能因為……我們……都是單親媽媽。」

是這樣嗎？

「那今天下午我離開以後你都在幹嘛？」

「呃……跟阿花聊天，然後就……就回來整理家務。你不知道啊，世上最忙碌的人就是家庭主婦。」

沈揚一臉狐疑地看著她。

「你是不是得罪了什麼人？」

「你這孩子是在幹嘛？拷問我啊？還真以為自己是大偵探了？」楊慕秀氣呼呼地說：「不是跟你說過了嗎？我是來這裡安心靜養的，幹嘛去得罪人？」

沈揚看著母親的眼睛，心想大概問不出所以然吧。就算她心裡真的藏著什麼祕密，也絕對不會說出來的。他腦海裡突然浮現林阿姨愛子心切的神情，還有後來阿龍媽憂心忡忡，以悲苦的語氣叨念著：「我們家的希望全放在他身上，我們大人這輩子已經毀了，絕不能讓小孩重蹈覆轍。」

這句話著實讓人摸不著頭緒。

不告訴他，也許是在保護他。

「媽，你放心，不管怎樣，我都會保護你的。」

「你……你這孩子怎麼了？沒頭沒腦的在說什麼啊？」

沈揚想通了。保護家人最好的方法就是主動出擊。黑衣人不要他插手，他偏偏要管到底。想要威脅他，門都沒有。如果一直追查下去，或許有機會查出對方手中掌握了母親哪些祕密。沈揚決定要以幫人找東西為掩護，實地調查這個小鎮隱藏的內幕，才能保護他的母親。

「好啦，言歸正傳，那本繪本你讀過了嗎？」

「沒有。」

「蛤？」楊慕秀不敢置信地說：「你就一點好奇心也沒有？這麼多人搶著要，結果到了你手上，你連翻翻看都沒有就送回去？」

「我還沒想好要不要翻開來看……」

「笨蛋，現在才想已經來不及了。」她注意到床邊的塑膠袋，「這是什麼？」

楊慕秀拿起袋子，掏出裡面的東西。

「咦，這不就是那本《彩虹》？」她一臉驚訝地說：「你不是拿去還阿花了？」

「這是副本，還給她的是正本。」沈揚解釋道：「葉京龍拿到書之後，趁機複製了幾本。他給了我一本。」

「那還不趕快翻開來看……」楊慕秀急忙要動手翻書。

「等一下，我想問你，」沈揚伸手按住封面，「你唸過床邊故事給我聽嗎？為什麼我一點印象也沒有？」

「你……你這孩子是怎麼搞的，一直疑神疑鬼。」楊慕秀沒好氣地說：「當然有，你只是忘了小時候的事情，所以就誣賴我沒唸過。」

她用力撥開他的手。

「我現在就唸床邊故事給你聽，你給我聽清楚了。」她翻開第一頁，開始朗聲唸道：「大水淹沒了葡萄園，無家可歸的紫色心慌慌，急忙向……」

林秀花闔上繪本，閉上眼睛，鬆了一口氣，心想今晚終於可以好好睡覺了。

雖然耳聞沈揚的名聲，也見識過他的推理能力，但她心中還是不敢抱太大的期望。看到他拿著繪本上門，她還是驚訝得說不出話。

沒錯，就是這本。小折角還在原來的地方，沾到果汁的小汙漬也還在第五頁，這的確是她唸過千百遍的繪本。

只有一個地方怪怪的——最後一頁右下角有她兒子的隨手塗鴉，球、球棒、火車、小鴨，這幾個圖案都還在，但是下面的一排數字被人用黑筆槓掉了。這是什麼時候的事？是以前就被劃掉了嗎？被偷走之前還在嗎？她不是很有把握，搞不好是自己記錯了，她通常不會去唸最後一頁，頂多就是在闔上書之前瞄了那排數字一眼……

就在此時，林秀花突然莫名地起了雞皮疙瘩，房間裡該不會來了不速之客……

慢慢睜開眼睛。

她兒子，那個名叫胡智聰的小孩，正面帶微笑站在她面前。明明是她的寶貝兒子，為何她反而心頭一緊？

「媽，繪本找回來了嗎？」

「嗯。」

「太好了，媽，謝謝你。」

「我沒幫上什麼忙，其實是你們學校一個名叫沈揚的同學找到的。」

「沈揚？」

「嗯，他是這個學期才轉過來的。」

「喔。」她兒子沉默了一會兒說道：「媽，我想請你再幫個忙。」

「幫……什麼忙？」

「我想請沈揚參加我們的讀書會，你能幫我想想辦法嗎？」

林秀花緊緊看著兒子的臉，不敢相信自己的耳朵，背脊突然感到一股涼意竄起。

「我……試試看。」

她鼓起勇氣，努力將視線往下移。這一次，她非得弄清楚他是穿鞋子，還是光著腳丫子……

第五個故事

尋找傳說中的奇人

尋找傳說中的奇人

青田鎮推理故事

1

「你確定要這麼做？」

沈揚點頭。

盧振東意味深長地看著他。

「關於你態度上的轉變，我不能說我一點也不驚訝，」他說道：「我要是問你為什麼，你大概也不會告訴我原因吧。」

「沒特別原因，」沈揚若無其事地說：「只是想這麼做。」

他只說願意接受委託幫忙尋找失蹤物品，卻沒透露自己的打算——不想受人威脅，想要暗中調查母親的祕密。他的意圖越少人知道越好。

「對於破解過去四個案件，你有什麼感想？」盧振東問道。

沈揚漠然。不管是找到了手套、背包、彩畫還是繪本，他居然一點感覺也沒有。他腦海裡突然閃過田欣溫柔撫摸幼犬的畫面。

「你感到開心嗎？還是覺得很有成就感？」

沈揚想起花媽接過繪本時泫然欲泣的樣子——她內心應該是很高興，表面上卻像悲傷落淚。

「哪來的成就感，」沈揚說道：「只不過是物歸原主罷了。」

盧振東盯著他看。和這個人相處久了，雖然是一樣的瞇瞇眼，但沈揚多少可以看出其中的不同，像現在的瞇瞇眼代表的是會心一笑。

「既然已經決定了，那我們就來討論一下收費標準吧。」

沈揚皺起眉頭。

「你該不會想要免費替人做白工吧？」瞇瞇眼露出不以為然的意味。

「就算不按件計酬，至少也要按時計費。」

他豎起食指，慢慢地轉圈圈。

「不收費的服務，客戶不會當一回事。」

「我一毛錢都不收。」

沈揚口氣堅決。昨晚他告訴母親自己的決定時，她立刻露出欣慰的笑容，還建議他不要收取任何酬金。她說身為外地人，施恩不求回報是拓展人脈的捷徑。不過，她也覺得不收費的做法，像在巴結討好。

「我不收錢，不過將來若有所求，會請對方在能力範圍內助我一臂之力。」他停頓了一下，「這是我唯一的條件。」

其實這也是楊慕秀提出來的變通辦法。盧振東聞言，眼角的笑意根本藏不住。

「這個厲害，」他吞了口水，「簡直是要客戶開支票嘛，只不過欄位上沒填寫金額。」

「你想太多了。我沒打算漫天要價。」

「我知道你沒這個意思，」他沉吟道：「讓人家欠你人情，這種做法有利有弊，基本上是有風險的投資。有人會知恩圖報，有人卻會忘恩負義，反正事前又沒打契約。」

三名藍衣黑裙的女學生走過來。中間那一位沈揚有點印象，好像是和田欣課後一起打掃花園的女生。盧振東趨前幾步。那幾位女同學一邊和他交談，一邊偷瞄倚靠欄杆的沈揚。不到片刻，沈揚甚至還沒變換站姿，他們就已經談完了。三個女生沿著走廊離開，盧振東走了回來。

「有想過要怎麼接案子嗎？」

「沒有。」

「看來你這是姜太公釣魚——願者上鉤。」

上課鈴聲響了。兩人一起走回教室。

「你不問我和那幾個女生聊什麼？」盧振東問道。

沈揚聳聳肩。「你想說就會說。」

盧振東湊近沈揚耳語：「你需要一個經紀人。」

「經紀人？」

「那就是我，」盧振東說道：「總之，學校今天要安裝新的電線，所以會提早放學，我們兩點半直接去『銀海』碰頭。」

「什麼『銀海』？」

「田欣會帶你過去。」

沈揚走進教室，座位上的田欣正好抬頭，兩人四目相對。沈揚腦海裡閃過昨天晚上，那雙猶如星光般晶瑩的眼眸，耳邊彷彿還留著「即便將來去了天涯海角，還是要記得留下火柴棒」的回聲。

有了星光，哪裡還需要火柴棒——天啊，他腦袋裡怎會冒出這麼輕佻的話？

除了老媽之外，他好像不曾跟女孩子靠得這麼近。

他搖搖頭，要自己別再胡思亂想了。盧振東這傢伙又想幹嘛？每次碰頭幾乎都少不了叫上田欣，到底在打什麼如意算盤？

午休時，費文翔來向沈揚討債。「你欠我一次。總有一天，你得幫我找一樣東西。」沈揚聽了也只能苦笑。這就像是先享受後付款，直到最後，你才會知道要付出的代價有多大。不過，把他揹下山的劉剛健倒是什麼也沒說。

放學時，沈揚從田欣那邊得知劉剛健把胡智聰的單車修好了。

沈揚始終摸不透劉剛健的態度。時而對自己懷抱敵意，時而為自己出頭，昨天居然還大老遠趕去揹他下山，現在又幫忙修自行車，忽冷忽熱的行徑真是難以捉摸。

「我已經帶你逛過一遍了……」田欣突然說道。

沈揚愣了一下才明白。昨天他們橫跨青田鎮的北部，而此刻他們正從鎮中心往南騎，兩次都是田欣帶路。

「你達成老師的吩咐了，我代她跟你說聲謝謝。」

「誰希罕。」

咦，這句話是什麼意思？田欣是不是不太高興？沈揚從她臉上看不出端倪。以往他似乎不曾去揣測女生的心思。

「那你呢？你就不用為你自己跟我說謝謝嗎？」

即便沈揚本性遲鈍，但也感覺到今天和田欣在一起的氣氛有些不一樣。她的單車載不了人，搭11號公車又很費時，幸好有胡智聰的自行車代步，否則這段路走來會更加尷尬。

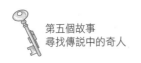

兩人一路南行，途中只逗留過一次，當時田欣把單車停在路邊，走向人行道上的一位老先生。老先生坐在長凳上，年紀約莫六十多歲，頭髮花白卻不見老態，衣著老舊卻不顯襤褸，表情淡漠卻不至於呆滯。田欣坐在他身邊，遞出一個小塑膠袋。老人面露微笑，伸手接過。田欣隨即起身離座，走了幾步，又轉身揮手道別。只見老人慢吞吞地舉手揮了三下。

兩人繼續騎車前行。過了一會兒，田欣突然開口：「那位老伯是街友。」

「你認識他？」

「我認得他的臉，但不知道他是誰。」她說道：「我每天放學回家，都會在同樣的地點看見他。」

「所以你猜他是街友？」

田欣微微一笑。

「這是我個人的揣測。」她說道。

「你每次都拿食物給他？」

「只不過是學校福利社的麵包。」

沈揚還來不及深思就脫口而出：「你喜歡狗勝過於貓？」

「你這是跳躍性的思考模式？」她挑起眉角，「為何這麼問？」

「只是隨口瞎猜，」他別開視線，看著正前方說道：「昨天你對小貓的反應很冷淡。」

他避而不談看到她在學校小花園逗弄幼犬，不想搞得自己像偷窺狂似的。

「忠誠比無辜更重要。」田欣答道。這等於間接表態，在她心目中，無辜可愛的貓，確實不如忠心耿耿的狗。

大約騎了十分鐘，他們遠遠看見一棟猶如被雪包覆的銀白色建築，在鄰近的紅磚屋中相當顯眼，彷彿是曝露在地表上的大型冰窖。靠近一瞧，原來是一棟兩層樓的一般民宅，白色牆壁上貼滿了鋁箔紙，招牌和門口的人影清晰可辨。這時天色很亮，店家完全不在乎省電的考量，用燈管拼接而成的「銀海」二字已發出金黃色的光芒。站在門口的那幾個人，正是盧振東、劉剛健，以及胖瘦二人組的費文翔和石金受。

「你已經猜到有其他人會來？」沈揚問道。

「我知道小魅會來。」田欣答道：「這裡是一間啤酒屋。」

光線打在他們身上，有了金光加持，幾個國中生彷彿也增添了幾分成年人的模樣。

2

「滾出去！」

才剛進門，穿著國中生制服的一行人立刻遭到大聲斥喝。這便是他們初到「銀海」得到的熱烈招呼。

現在是兩點四十分，離下班時間還早得很，屋內卻已經坐了好幾桌客人。沈揚他們一進門，就被鬧哄哄的喧譁聲轟炸，猶如從冰天雪地之境闖入熱鬧歡騰的地方。

店內左側是長條狀的吧檯，工作人員在後面忙得團團轉。中間一排擺了幾張長桌，適合六人以上的客人同坐。右側一排則是圓桌，提供給四人以下的小團體。後方有樓梯通往二樓，樓上似乎是包廂區。天花板懸掛著復古式的枝形吊燈，原本應該是富麗堂皇的象徵，如今只剩下侵蝕生鏽的痕跡。除了吊燈之外，所有的裝潢幾乎都是木製品，木桌、木椅、木頭地板和木頭樓梯。

當大家看到一群國中生走進來時，店內不管是顧客或工作人員，通通將目光投向他們，像在玩一二三木頭人似的，剎那間彷彿全都中了咒語般文風不動，現場頓時鴉雀無聲，直到那句「滾出去！」響起，眾人才終於解套。有的破口大罵，有的甚至揮動拳頭，就算部分沒有惡言相向的，也絕對沒給好臉色看。

「小鬼，來錯地方了吧。」

「這不是六隻誤入歧途的小白兔嗎？」

「這裡不是糖果屋，也不是兒童樂園。」

「趕快離開，別壞了我喝酒的興致。」

盧振東毫不理會周遭的奚落和謾罵，帶頭走到最中央那張長桌，其他人立刻跟進。

「太囂張了！蕭老闆，快把這些小鬼轟出去！」

吧檯後方走出一個戴著棒球帽、身穿無袖背心、胳臂粗壯的中年大叔。

沈揚猜他大概年近五十，年紀不小，體格卻相當健美，結實的肌肉撐得背心緊繃得快爆裂開。

「小朋友，這裡不是你們該來的地方。」這位人稱蕭老闆的大叔，長得一副凶神惡煞的模樣，說話的語調卻很溫柔，反差相當強烈。

「門口沒寫小孩禁入，」盧振東氣定神閒地說：「我們只是想提早了解這個社會的生態。」

蕭老闆目光逐一掠過他們。

「看你們身上的制服，」他盯著制服上的學號說：「你們才國二吧？」

「那又怎樣？」

「如果你們明年再來闖關挑戰，那勉強還說得過去，」蕭老闆嘆息地說：「國二生還不算是大人。」

「差一年有差那麼多嗎？」盧振東振振有詞地說：「家裡的爸媽，學校的師長，大家口口聲聲說我們是未來的棟梁，可是又給了一堆規矩要我們遵守，限制這個限制那個的。現在我們只是想滿足大人的期望，盡快學會獨當一面，所以才來這裡見見世面。」

「好大的志氣。」

蕭老闆偏著頭沉思。

「前一次有小毛頭來挑戰，那是多久以前的事，嗯……一年前吧……」蕭老闆像在自言自語。「那三個棒球隊的小孩，從進門到被抬出去，總共撐不到七分鐘。」

劉剛健突兀地開口：「如果沒穿制服，你們會相信我是大人吧？」

沈揚越聽越糊塗。他們到底來這裡幹嘛？啤酒屋不就是吃喝玩樂的地方，為何要挑戰闖什麼關？盧振東附耳對他輕聲說：「想辦法盡量拖延時間。」

「大個子，你的身材看起來挺高大，」蕭老闆露出耐人尋味的笑容，「可是你旁邊這些同學，可能挨不了幾下。」

「蕭老闆，你誤會了，」盧振東趕緊打岔，「我們不是來闖關挑戰，純粹只是來祭五臟廟。你開店做生意，我們花錢吃喝一頓，如此而已。」

只見這位肌肉大叔露出別有深意的笑容。

「學大人講話啊。」他笑道：「好，你們要點什麼？」

「我要可樂，」費文翔搶先說話，「不含咖啡因的可樂。」

全場哄堂大笑，彷彿他講了什麼笑話似的。蕭老闆也笑得合不攏嘴。

「到了牛排店，居然點蚵仔麵線，真是太不給面子了吧。」有人揶揄道。

「可樂不行，那果汁也可以。」不管別人怎麼取笑，勇敢的胖子還是大刺刺地繼續說道：「我媽說我的體質容易發胖，不適合喝刺激性的飲料。」

眾人笑得更大聲了。有人甚至笑到岔氣。

「抱歉，本店只賣酒。」蕭老闆說道：「如果你們不喝酒，那我們就做不成生意，只好請你們離開。」

蕭老闆雖然還是一臉笑盈盈，可是店裡的伙計紛紛圍過來，看起來個個都是不好惹的狠角色。他們明白老闆已經下了逐客令。

「礦泉水行不行？」費文翔還在死纏爛打。「這個總有賣吧？」

蕭老闆突然變臉，一掌重重打在桌上。

「不喝酒就拉倒，」他說話鏗鏘有力，「通通給我滾出去。」

盧振東不為所動，依然嘻皮笑臉。

「喝，怎麼不喝呢？」他自信滿滿地說：「至少我能喝。」

「你還未成年吧？」

「我的身體仍在發育，」盧振東一副老神在在的樣子，「但是我的內心，見識過人生百態。」

「你這小孩真是能言善道，」蕭老闆冷冰冰地說：「你要玩遊戲，我就陪你玩。既然在我的地盤上，遊戲規則就由我來定。」

他的臉色益發陰沉，和剛才簡直判若兩人。

「別心存僥倖，我保證你撐不了多久，頂多比那三個打棒球的多撐上一兩分鐘。」

他對身後的伙計打了個響指。

「拿啤酒來！」

在十人座的長桌上，排了兩列平行的玻璃杯。左邊這列是五個可容納430 ml的威士忌水晶玻璃杯，右邊那列是五個只能裝80 ml的一口杯。看這陣仗，沈揚猜想可能是五對五的拚酒比賽。這下子麻煩了，他從沒沾過一滴酒。除了奶茶和白開水之外，別的飲料他幾乎不碰。

「怎麼個比法？」盧振東問道。

「比速度。看哪邊喝得快。」

蕭老闆率先坐到右邊正中央的椅子。

「別說我太小氣，不懂待客之道，」他面無表情地說：「你們就坐我對面吧。」

盧振東用力抓頭。

「老闆，你這擺明是大欺小。」他皺眉抱怨道：「左邊的杯子這麼大，容量至少是右邊的五倍。就算我們是酒鬼轉世，也很難拚過你們。」

蕭老闆彎起右手食指往下輕敲桌面。

「別再拖延時間了，我知道你在搞什麼把戲。」他說道：「再不就坐，我會請人把你們抬出去。」

盧振東嘴裡唸唸有詞暗自嘀咕著，他挑了從右側數來第二個位置坐下來，並拉了沈揚一把，示意他坐正中央。其他人依序入坐，從右到左的排序分別是費文翔、盧振東、沈揚、田欣和劉剛健。費文翔還嘟囔個沒完：「我是真的不能喝，不信你可以打電話去問我媽。」

「不然這樣好了，」盧振東提議道：「既然我們這邊有人不能喝酒，那就派代表跟你一對一。」

沈揚暗自尋思，一個人喝五杯，的確比五個人喝五杯耗掉更多時間。問題是，對方不見得會中計。

「很會打如意算盤嘛，」蕭老闆雙手交握，一副胸有成竹的樣子，「不過，可惜的是，遊戲規則是只要有一邊喝完就喊停，所以說，你想慢慢喝掉五杯酒來拖延時間，這招根本行不通。」

盧振東沒吭聲，似乎已經無計可施了。

「沒關係，就照你的意思來玩，只不過……」蕭老闆豎起食指說：「現場有這麼多觀眾，何不讓我們的遊戲更戲劇化，讓場面更有看頭？」

不妙。沈揚有種不祥的預感。

「你們可以派一名代表來慢慢喝，可是這個人選必須由我決定。」

蕭老闆粗如槍桿的食指平放下來，最後指向田欣。

3

「小妹妹，這五杯酒就由你來喝。」

現場爆出熱烈的掌聲。起鬨的人果然是想看美女喝酒。

「好，我喝！」

田欣答得很乾脆，臉上看不出任何端倪。沉不住氣的反而是劉剛健。「碰！」一聲，他用手狠狠地拍向桌子。

「怎麼可以讓女孩子喝酒，尤其是一個不會喝酒的女生，」他義正詞嚴地說：「萬一她喝醉怎麼辦？不行，別說是五杯，一杯她都喝不了。」

「你太激動了，想必是小妹妹的護花使者吧。」蕭老闆摸著下巴，悠哉地說：「幹嘛這麼緊張，喝醉又怎樣。你們這麼多人，把她揹回家不就得了，我們根本不會對她怎麼樣。」

「你逼一個未成年少女喝酒，這已經很過分了！」

劉剛健暴跳如雷，他才剛起身，就被啤酒屋的名伙計抓住肩膀，按回座位上。

「大個子，坐著別亂動，」蕭老闆好整以暇地說：「喝酒是快樂的事情，我可不希望有人掛彩，掃了大家的興。」

「劉剛健，」田欣開口講話了，「在別人的地盤上，要懂得看人家臉色，別輕舉妄動。」

「可是——」

「沒什麼可是不可是，雖然是喝酒比賽，但輸贏無所謂，開心才重要。」

沈揚和盧振東互看一眼。一定得想想辦法。

「唉呀，小妹妹，你講話真是動聽，」蕭老闆眉開眼笑地說：「要不是我們差了三十多歲，我一定……」

差了三十多歲……杯子的容量至少差五倍……懸殊的落差……有了！沈揚靈機一動，突然心生一計。趁蕭老闆心情大好，趕快把握機會。

「蕭老闆，」沈揚說道：「你可別小看我們這位女同學，其實她酒量非常好。你們幾位加起來恐怕都不是她的對手。她有個綽號叫做『酒聖』，你們有聽過嗎？意思是說她會把你的『酒』喝到一滴不『剩』。只可惜她開機比較慢，必須先暖身。」

「暖身？」

別說是蕭老闆不明其意，其他同學也一頭霧水，大家都聽得一愣一愣的。

「所謂的暖身，其實指的是暖胃，也就是先讓她喝個幾百毫升墊墊胃，然後她就會火力全開，千杯不醉。」為了達到目的，沈揚也不禁信口開河、胡吹亂謅。

沈揚把「千杯不醉」這幾個字拉長音，刻意講得慢條斯理。劉、費二人瞪大了眼，一副不敢置信的表情。盧振東或許也睜大了雙眼，不過好像看不出來，但至少他張大了嘴巴。田欣雖面不改色，卻以極其細微的動作偷瞄沈揚一眼。

「不信啊？」沈揚隱含笑意地說：「你是不相信我的話？還是不相信她的能耐？」

蕭老闆心裡盤算，五個一口杯總共 400 ml 的容量，比一個威士忌杯裝的酒還少，怎麼看自己都穩操勝算。

「那好吧，」他挺起胸膛，面帶微笑地說：「就讓小妹妹先喝一杯，430 ml 應該夠你暖胃吧？」

田欣點點頭，笑得有些尷尬。她完全不曉得沈揚葫蘆裡賣什麼藥。

「謝謝老闆這麼大方，讓我們先占點便宜，不過呢，」沈揚突然以近似輕蔑的口氣說：「我是有點擔心你們會輸不起而出賤招，說不定你的伙計發現你快要輸了，就趕緊在我們的杯子裡添酒加料。所以我想提出一個要求：你們任何人都不可以觸碰我們的杯子。」

「你說什麼？」蕭老闆吹鬍子瞪眼，凶相畢露。

「當然啦，為了公平起見，」沈揚若無其事地說：「我們也不會去碰你們的杯子。我們這位女同學再怎樣好酒貪杯，也絕對不會搶你們的酒來喝。」

蕭老板被激得按捺不住了。他重重拍桌，震得桌上一口杯一陣晃動，差點像陀螺轉了起來。四周的客人安靜無聲，全都屏氣凝神等著看好戲。

「就這麼說定了，雙方都不可以觸碰對手的杯子，誰碰誰就輸。」蕭老闆表情猙獰。「而且，如果我比輸了，我就叫你一聲媽！」

他伸長手臂指著田欣，幾乎是惡言相向。盧振東看傻了眼，他拉了拉沈揚的手肘，輕聲問道：「你知道自己在幹嘛？」其他人更是不知所措，劉剛健被人鎮住雙肩動彈不得，費文翔難得閉嘴不再碎碎念。只有沈揚表現得泰然自若。

「比賽開始之前，有請田欣同學先喝完第一杯酒暖胃。」他說得不疾不徐。田欣轉頭看他，希望從他臉上能看到任何提示。沈揚突然傾身在她耳邊細語。她點點頭，拿起正前方的威士忌酒杯。

「不要喝！」劉剛健厲聲制止。田欣不為所動，咕嚕咕嚕把酒喝下肚。終於喝完了最後一口，她慢慢放下杯子。

「有請蕭老闆發號施令，為比賽揭開序幕。」沈揚的語氣依然沉著。

蕭老闆目不轉睛地瞪著田欣。他才不相信這個小女生是什麼酒聖，可是他又隱約覺得哪裡不對勁，這個女孩的眼神太鎮定了，像是有十足的把握。難不成她有三頭六臂，可以一口氣瞬間喝掉五杯酒？不可能！哪有這種事。

他無意識地搖搖頭、抖動雙腳，接著不自覺地伸出右手，對準最右側的一口杯。

「比賽開始！」他喊道，同時伸長右臂抓起杯子，拿到嘴邊一倒，隨即放回桌面。他完全沒嚐到酒的氣味，只顧著抓起右側數來的第二個杯子。就在這個時候，不可思議的事情發生了，他簡直不敢相信自己的眼睛。

這是在幹什麼？

在那一瞬間，他看到兩個杯子交疊在一起。不，正確的說法應該是：排列在正中央的一口杯，被一只威士忌酒杯完全覆蓋住。他剛好看見對面的女孩把手收回，那隻手沉穩得像老僧入定。這是什麼意思？不給我喝酒？不讓我拿杯子？他瞥見她的臉。如果那張臉帶著驕傲的笑容，或是得意洋洋的神情，那他還可以理解。偏偏她臉上不帶任何表情，彷彿沒把他當一回事。

等他回過神時，這才意識到自己的手已經握住了杯子。那是威士忌酒杯，他握的是田欣的杯子。

下一秒他發現全場譁然，其中夾雜著驚呼聲：「老闆輸了！」

4

楊慕秀脫下工作服、摺好，放進自己的櫃子裡。

在大賣場工作的員工，每個人都會分配到兩樣東西，一是專屬的小櫥櫃，可以用來放自己的東西，只是這裡的櫃子防君子不防小人，全都沒安裝鎖頭；二是工作服，會依照每個人的體型量身訂做，清一色是黃色的無袖背心，前襟下方有兩個口袋，可以放筆及產品目錄或問卷調查表，算是實用卻缺乏美感的制服。

她拿起手提包，看了一下手錶。三點二十分。她打開員工休息室的房門，前腳才剛跨出去，就差點和林秀花撞個滿懷。

「啊，對不起！」

「應該是我說對不起，」林秀花說道：「我太匆匆忙忙了，沒注意到有人要出來。」

楊慕秀從林秀花身邊繞過去，回頭說道：「我先下班了。」她走了兩步，又被叫住。

「秀秀，要不要去喝下午茶？」

「不行耶，我兒子會回家吃晚餐，我得回去煮飯。」

「是喔，」林秀花嘆息著說：「真令人羨慕。」

楊慕秀微微一笑，轉身離開。她穿過正中央的通道，經過三、四位仍在值班的同事，有的在跟顧客交談，有的就像黃色小蜜蜂般滿場飛舞，忙著上架補貨，眼神交會時，她跟對方點頭致意。走出向兩側開啟的電動玻璃門，楊慕秀深深吸了一口氣，站在路邊左右張望，然後邁開大步，往左邊前進。

咦，奇怪了，秀秀為什麼往北走？

林秀花跨出電動門的時候，恰巧看見楊慕秀左轉北行，不禁心中起疑：她家明明住在鎮中心附近，理論上應該右轉往南走才對。不是說要回家煮飯嗎？

她感到有些納悶，腳步踏了出去。

匡噹一聲，玻璃杯從中裂開。費文翔一臉懊惱。

「為什麼？」他看著手中半截玻璃杯，氣呼呼地說：「為什麼你辦得到，我就不行？」

田欣含笑不語。她對費文翔搖搖頭，流露出「你不行啦，回家再練五年」的表情。

「劉剛健你來試試看，」費文翔慫恿道：「田欣絕對是瞎貓碰上死耗子，剛好給她矇中。」

劉剛健面無表情，文風不動。

「你拿大杯子去蓋小杯子，試了三次沒一次成功，可是田欣第一次就得手。」盧振東撓頭說道：「這招讓蕭老闆看得到卻喝不到，我們當然贏定了。沈揚，這個妙計你是怎麼想到的？」

「不是我想到的，」沈揚若無其事地說：「是從書上看來的。」

「可惡，從書本上就學得到這一招。」費文翔用力抓頭。

他們五人待在二樓包廂。蕭老闆很阿莎力，發現自己握住田欣的杯子時，當下就認輸了，不但不再糾纏不休，連剩下的四大杯啤酒也不用喝了。他只問了沈揚幾個問題。

「用威士忌酒杯蓋住一口杯，真絕啊。」他哈哈大笑。「你剛才在她耳邊講悄悄話，就是教她這一招？」

「只是姑且一試，」沈揚淡淡地說：「幸好她出手又快又穩。」

「你叫什麼名字？」

「沈揚。剛從T市搬來這裡。」

「哦，那個轉學生啊。」蕭老闆瞇起眼睛盯著沈揚。「你們有什麼要求？」

「給我們一個可以聊天的包廂就好。」盧振東代表發言。

蕭老闆馬上提供一個包廂，還奉上小菜和飲料——不是酒，而是可樂和礦泉水。費文翔還要了幾個一口杯和威士忌酒杯。蕭老闆會心一笑，送上大小杯子共五組，目前桌上已經破了三組。

「小瞇，我們來這家啤酒屋幹嘛？」沈揚問道。

「來拖時間。」

「我還是不懂。幹嘛來這裡拖時間？」

「剛才老闆不是說，一年前有三個棒球隊的人來闖關，結果撐不到七分鐘？」盧振東說道：「這家店有一個規矩，凡是在校國中生在這裡待上三十分鐘沒被攆出門，所有吃吃喝喝的費用一概全免。」

「我不信你是為了口腹之欲帶我們來這裡。」

「真不愧是沈揚，」盧振東笑道：「知我者，莫過於你……」

「我眼睛也很銳利哦。」

田欣突然大聲迸出一句話，打斷盧振東的陳述。只見她臉色泛紅，面帶笑容。該不會是醉了吧！盧振東等了一下，見田欣沒有下文，於是他繼續往下說。

「表面上的說法是可以挑戰霸王餐。但實際上的原因……待會兒就知道了。」

盧振東的瞇瞇眼裡帶著謎樣的微笑。

「幹嘛找我來？」費文翔問道：「大家都知道我對吃沒興趣，更別提吃什麼霸王餐。」

你對吃沒興趣，那誰會對吃有興趣？盧振東忍俊不已，他說：「今天找大家來，是因為沈揚要建立自己的團隊……」

「等一下，我沒有……」

沈揚、盧振東二人輪流打斷對方的話。

「我知道你喜歡單槍匹馬，可是，不管是什麼原因讓你改變心意，一旦你決定要公開接受委託，接下來的行動就會被大家拿著放大鏡檢視。」他停頓一下，喝了一口可樂，接著又說：「比方說，哦，沈揚在找失蹤的小狗……咦，這次換成找失竊的鑽石……」

「我不會接鑽石失竊案，那是警方的工作。」

「我的意思是說，不管你在找什麼東西，大家都會密切注意。所以說，你需要幫手。」盧振東挺起胸膛，挑起眉角。「你需要有個團隊來幫你。即便是蝙蝠俠，也需要羅賓這個助手來支援。」

「原來我的身分是羅賓。」費文翔右手支著下巴，左手托著右手肘。

「那我呢？」劉剛健首度開口。「小瞇負責出主意，沈揚想絕招，田欣執行有功，胖子……」他看了費文翔一眼，「是蝙蝠俠旁邊的羅賓。那我要幹嘛？」

「其實本來我還邀了王瑜仁過來，但是他沒出現。」盧振東帶著惋惜的口氣說：「不管他為什麼沒來，顯然我們跟他無緣。」

「你邀了那個鬼鬼祟祟的傢伙啊。」費文翔不屑地說。

「他才不鬼祟，只是心中有祕密不肯說罷了。」盧振東一副就事論事的口吻。「此外，你們沒發現我們少了一個夥伴？」

「有嗎？是誰？」

「瘦子。你們兩個不是一起來的？」

「對喔，他什麼時候不見的？」

「他看苗頭不對，早就腳底抹油溜了。」盧振東說道：「他要是還留在這裡，早就給你吐槽了。」

「說得也是，他一定會虧我說什麼『蝙蝠俠旁邊的羅賓』，應該是『蝙蝠俠餐桌上的那坨牛油』還差不多。」

費文翔這句話惹得大家都笑翻了。

「總而言之，你們倆沒有逃避退縮，反而選擇留下來一起面對難關。」盧振東做出總結：「阿健想要保護夥伴，胖子試圖跟老闆對抗，你們都很有勇氣，不輕易向困難屈服。我想，沈揚需要的就是這種能夠共患難的夥伴。」

「好，就衝你說的這番話，算我一份。」費文翔說道：「但是以後可不可以不要叫我『胖子』？很難聽耶，我根本不胖，就跟你說我只是骨架比較大。」

「行，」盧振東強忍笑意，「阿翔同學，以後請多多指教。」

費文翔伸出右手。

「你要幹嘛？」劉剛健問道。

「通常這個時候，大家不是都會伸出手來，交疊在一起，然後大聲喊加油？」

眾人愣住了。更令人傻眼的是，率先伸手的人是田欣。

「我出手很精準哦。」她拉開嗓門大聲說，把大家嚇了一跳，印象中她很少情緒這麼高亢。其他人紛紛把手掌疊上去，喊了聲加油。

「我們團名叫什麼？」費文翔問道。

「早就想好了，」盧振東自信滿滿地說：「少年尋寶團。」

「尋寶團？」費文翔皺起眉頭。「好俗氣的名字。」

「此『寶』非彼『寶』，我們不找『寶藏』，而是幫人尋找遺失的『寶貝』。」說完，盧振東突然轉移話題，「沈揚，你不是有話要說？」

沈揚打開書包，從裡面拿出一本繪本，書名是《彩虹》。

5

瘦削的人影，敏捷的腳步，走在人行道上一點也不顯眼，不過是芸芸眾生之一，就像剛下班要趕著回家罷了。投射在地上的影子勇往直前，意味著目標明確。來到住宅區，那人毫不遲疑地走進巷弄，拐了幾個彎，前方便是一棟三層樓高的房子。

眼前的房屋外觀雖稱不上豪華氣派，卻有著宣示所有權的圍牆和院子。那人繞到屋子的後面，趁著四下無人，雙手高舉搭在牆頭上，手指一使勁，雙腳同時蹬在牆上，一晃眼便翻上牆頭。上來不費工夫，下去也不成問題。那人輕盈地跳下牆，躡手躡腳穿過後院草坪，最後停在後門口。旁邊的窗戶一片漆黑，不知是室內沒有點燈，還是窗簾已拉下。

那人輕輕轉動門把。轉不開，想必是上了鎖。但早早有所準備，拿出口袋裡的皮夾，取出細長的工具插入鎖孔。二十秒不到，隨著「噠」的一聲細微響動，開鎖成功，那人不疾不徐地轉開門把，靜悄悄地閃身入內。

屋子裡沒開燈。那人等了片刻，讓眼睛適應黑暗。這裡有碗櫃和流理台，顯然是廚房。穿過廚房門，進入走廊，兩側各有一扇門，直走到底，前方依稀是樓中樓的寬敞大廳。那人折返回走廊，打開右側房門，裡面只有一張床，除此之外別無他物。接著打開左側房門，裡頭有張辦公桌和占據一整面牆的書櫃。那人走進去，開始搜索，所有的抽屜和櫃子都不放過。

不知過了多久，門外有腳步聲傳來。咚、咚、咚……屋主查覺到有人侵入了嗎？那人停止搜尋，蹲下來躲在桌子後面，祈求來人最好是過門不入。咚、咚、咚、咚……

「為什麼繪本在你手上？」田欣難得高八度講話。「我明明看見它掉下懸崖。」

「掉下懸崖的是正本，這是葉京龍製作的副本。」沈揚解釋道。

田欣伸手搶過繪本，翻開來，接著朗讀了起來。

「大血淹沒了葡萄岩，五家丁龜的豬舍心花花，雞忙香……」

沒頭沒腦的內容，聽得眾人一頭霧水。

「什麼亂七八糟的東西，」田欣率性將繪本往桌上一丟，「不唸了。」

她滿臉通紅，症狀很像是發高燒。沈揚和盧振東互看一眼。

「各位應該知道，」沈揚繼續往下說：「昨天我們為了找這本繪本，花了不少工夫……」

「沒錯，」費文翔首先發難：「害我跟這個大塊頭共騎一台沒有變速功能的破腳踏車，屁股都快裂成兩半。」

「你以為我願意啊，」被點名的劉剛健也不服氣地反駁，「我還以為載了一頭大象，腳都快斷了。」

「什麼大象，你才是長頸鹿呢！」

「你們兩個別吵了，」田欣大聲喝道：「最慘的人是誰你們知道嗎？是我！我的腳被這傢伙抓得好痛。」

她指著沈揚的鼻子，彷彿他幹了什麼天理不容的事。

「如果有後遺症就慘了。萬一將來不能跳舞了，那該怎麼辦？」

「你想要當……舞者？」劉剛健沒料到她有此一說。

「不行啊？」她單腳踩地，雙手一上一下擺好姿態。「以我靈活的身段，要跳芭蕾舞應該沒問題吧？」

田欣開始轉圈，才轉了一圈就腳步凌亂，差點跌倒，幸好有劉剛健搶先一步扶住她，否則場面就尷尬了。

「轉一圈就夠啦，」盧振東說道：「以後再買票看你跳舞。」

田欣哼了一聲。

「我還沒講完耶，」她居然一反常態，嗲聲嗲氣地說話，「昨天我衣服被雨淋濕了，後來還跟這傢伙緊挨著坐在一起。」

沈揚啞口無言。其他三個男生都盯著他看。三道目光中，有人羨慕有人忌妒，似乎還有人以揶揄的眼神在看好戲。

「這樣很丟臉你們知道嗎？」田欣繼續大發牢騷，「就算我對他有好感，卻必須裝得若無其事，這樣很容易得內傷耶！」

沈揚尷尬不已，換他的臉發燙。不能再讓她講下去了。

「總而言之，」沈揚試圖奪回主導權，「上星期我曾經協助警方找回高教授的彩畫，昨天又幫花媽找她兒子的繪本。兩者都是藝術品，我個人懷疑，這兩宗失竊案有某種關聯。」

沈揚拿起桌上的繪本。

「請各位讀一讀繪本內容，一起集思廣益，看看能否看出書中隱藏了什麼蹊蹺。」

他將繪本遞給身旁的費文翔，胖子同學卻遲遲沒伸手去接。

「繪本該不會和彩畫一樣隱藏了什麼詛咒吧？」費文翔戰戰兢兢地說。

「我可以打包票沒這回事，」盧振東以專業的口氣說：「我先來打頭陣吧。」

他接過沈揚手中的繪本，開始翻閱：

大水淹沒了葡萄園，無家可歸的紫色心慌慌，急忙向好友橙色求助，希望能去他家借住幾天。

橙色高興地說：「歡迎你來我家住，我這裡的柳橙長得大又圓！」

紫色其他的好友得知他的困境，紛紛主動表示關心。住在蘋果山莊的紅色說：「我這裡的蘋果香甜可口，包你吃了永遠不用看醫生！」

香蕉園的黃色也說：「我這邊的香蕉營養成分高，保證你吃了心情愉快又一夜好眠！」

紫色的人緣太好了，願意伸出援手的朋友還很多。年輕開朗的綠色提出邀請：「我這裡有綠油油的草地，躺下來睡覺非常舒服！」

平常悠遊自在的藍色也搶著說：「我這裡的藍天一望無際，包准你看了煩惱一掃而空！」

一向沉默寡言的靛色居然也開口：「靛青色的海水會洗淨你的塵埃，讓你有回家的感覺！」

這下子，紫色反而不知如何是好。天地間的自然萬物都如此友善，他實在不忍心拒絕任何一位好友的熱情邀約。

這時候，一隻聰明的小鳥飛掠而過，聽見紫色內心的煩惱。

牠靈機一動，想到了解決辦法：「不如這麼辦吧，你們七位各畫出自己的顏色，共同建造一道連接全世界的拱橋。這樣一來，紫色不但能去拜訪每一位好友，大家還可以時常碰面、連絡感情。」

大夥兒一聽，紛紛點頭同意，

於是輪流在天空塗上顏色，畫出一道七彩繽紛的拱橋。

七位好友看了心花怒放，決定叫它「彩虹」。

「大家覺得怎麼樣？」

田欣貌似閉目養神，除了她之外，其他人全都讀完了。

「這是小孩子的玩意兒，我沒什麼感覺。」劉剛健酷酷地說。

文字簡單，畫風也相當樸實，七種顏色呈現七個場景，最後以彩虹做結尾。整本繪本的頁數不多，一下子就翻完了，對青少年來說，的確沒什麼看頭。

「簡單說，就是把七種顏色擬人化，寫了一個關於友情的故事。」盧振東儼然一副書評家的口吻。

「如果把這個故事放到電玩裡的話，」費文翔雙手一拍，叫出聲來，「哎呀，這很像七個擁有不同能力的超能者，組成一個超人聯盟。」

田欣突然睜大眼睛站了起來，伸手指著盧振東的鼻頭。

「你是不是在打這個主意？要組一個超人聯盟？」她說得煞有其事：「如果王瑜仁有來，石金受沒開溜，我們剛好七個人。」

「有道理耶，」費文翔恍然大悟地說：「我們七個人差異性很大，剛好可以彌補彼此的不足。比方說我個人的聰明才智，確實可以彌補沈揚在推理時的盲點。」

劉剛健哼了一聲，不以為然的樣子。田欣雙手放到桌上，身體前傾，目不轉睛看著盧振東。

「你想太多了，」盧振東說道：「這純粹是巧合。」

田欣「碰！」一聲重重坐下，身體後仰靠在椅背上，閉上了眼睛。看不出是接受他的說法，還是拒絕再辯下去。沈揚心裡暗忖，儘管是酒精作祟，不過田欣的臆測也不無道理，更何況盧振東愛搞神祕，一直不肯明說到這裡的目的是什麼。

「我的確是想幫沈揚組個後援部隊，但超人聯盟這種性質並不在我的考慮中。」盧振東繼續說道：「真要說的話，我倒覺得現實中的阿提思特，比較像是繪本裡面的彩虹聯盟。」

「什麼時候變成『彩虹聯盟』了？我剛才說的是『超人聯盟』吧？」費文翔追問：「話都是你在講，現在又把阿提思特扯進來。那幫人哪算超能者？他們只不過是喜歡四處塗鴉的傻瓜。」

「胖子，你動動腦行不行？」盧振東敲敲自己的腦袋。「阿提思特那幫人不是傻瓜，他們是有計畫地在進行某種活動……」

「跟你說了幾百遍，不要叫我『胖子』，我只是骨架比較大……」

「有完沒完啊，胖就是胖，跟骨架無關。連自己很胖都不肯去面對，你才是有眼無珠的傻瓜！」盧振東對於費文翔的胡攪蠻纏感到忍無可忍。

「你才是有眼無珠！眼睛小到看不見，只剩下一條細縫。哈囉，你的眼珠在嗎？」

兩人互相開罵。盧振東平常難得動怒，胖子果然是打嘴砲的高手。田欣對此無動於衷。劉剛健也作壁上觀，基本上只要跟田欣無關，不管什麼事他都不會插手。沈揚暗自尋思，其實小瞇講得沒錯，阿提思特比較符合繪本中的設定，雖然不曉得是不是七個人，但至少他們很可能用顏色來當代號。

小瞇找了這些同學來當他的團隊。第一次碰面還沒散會，就已經吵得不可開交，這個組合真的可靠嗎？

此時，外頭響起了敲門聲。沒等回應，外面的人直接打開包廂門。站在門口的是蕭老闆。

「有人來接你們了。」

「走吧，」盧振東站起來，「為了等這一刻，居然得浪費這麼多口水。」

他率先走出去。

「站住！」費文翔還在糾纏不休，「誰在浪費口水？你給我把話講清楚……」

沈揚跟著走出去。到底賣什麼關子，待會兒就會揭曉吧。

6

咚、咚、咚……

不曉得是誰在製造噪音。聲音並不響亮，拍子也顯得凌亂，隱約可以感覺到不安的情緒。

「是誰放屁？」

車內瀰漫著一股濃郁的屁味，盧振東開口罵道。

沈揚一行人坐上七人座的休旅車，來接他們的司機一臉冷漠，是個四十開外、身材魁梧的中年人，他穿著一身米黃色的袍子，嘴唇抿得很緊，似乎把「沉默是金」當作金科玉律來奉行。

「看我幹嘛？不是我！」坐最後一排的費文翔立刻抗辯。他覺得自己成了千夫所指的對象，但是事實上只有坐在副駕駛座的盧振東回頭張望。坐第二排的田欣和劉剛健根本沒吭聲。

「你們不能因為我……」費文翔停頓一下，遲疑著該如何措詞才好，「吃得比較營養，就認定這股氣味跟我有關。」

沒人出聲。盧振東回頭轉身，懶得再爭辯下去。

「沈揚，你來評評理，」費文翔尋求外援，「這屁是我放的嗎？」

處在車窗緊閉的密室中，不管坐在哪裡都難逃屁味的攻擊。就算是坐在費文翔旁邊，沈揚也完全分辨不出禍害是不是隔壁的仁兄。

「開窗戶吧。」

他按下開啟車窗的按鍵。車窗沒有任何反應，屁味依然飄盪在空氣中。

「司機先生，」費文翔叫道：「麻煩開一下車窗。」

那位司機仍然不為所動。

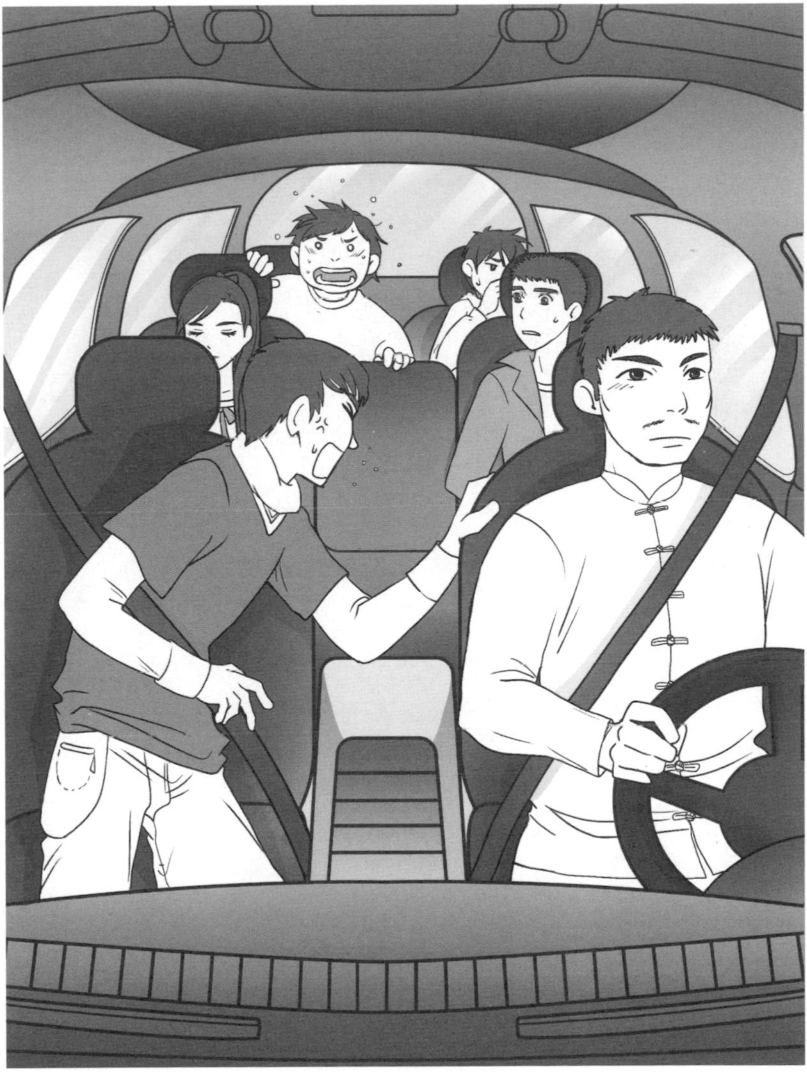

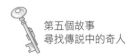

「你是聾子還是啞吧？怎麼都不講話？」費文翔沉不住氣了，「難不成連嗅覺也失靈？」

除了屁味之外，車內只有他的聲音迴盪。

「你們全被熏死了是不是？怎麼都不講話？」他繼續嗆聲，「我們可能坐上賊船了！」

車內還是一片靜默。過了片刻，總算有了回應。

「臭死了，」田欣猶如大夢初醒般突然罵道：「胖子，下次叫你爺爺開車來接我們，你家的黑頭車比較香。」

聽見「胖子」二字，費文翔這次沒發飆，大概是氣到沒力了。

田欣的反應慢了半拍。沈揚心想，酒精濃度五％的啤酒，讓不喝酒的她真的醉了。看著窗外的街景，全然陌生的環境，他完全不曉得自己身在何處。

他摸了摸鼻子。這屁味還真是後勁十足。

幸好這段路程並不遠。不消十分鐘，休旅車停在一間兩層樓的民宅前面，建築物外觀和附近街坊沒太大差別。沈揚很少到處逛，但他也發現這個小鎮的建築基本上分為三類：鎮中心和往北的精華地段是三層樓建物，較荒涼地區是一樓平房，其他地區多半是兩層樓的屋子。

司機一下車，便帶路走向民宅大門。這間民宅的出入口有兩道門，外面是透明的玻璃門，內側是不銹鋼鐵門，得連開兩道鎖才能進去。沈揚私下揣測，莫非是有錢人家的豪宅，還特地加裝一道門鎖。然而一進屋子，他立刻發現自己猜錯了。一樓大廳相當寬敞，但沒有任何家具擺設，別說是沙發椅和茶几，連電視或音響等家用電器一概盡付闕如。角落倒是放了一疊灰色坐墊。在右側牆邊有座高起二十公分左右的水泥平台，上面放了一個類似蒲團的紫色圓形墊子。轉身面對右側牆時，發現左右兩邊各有長桌，桌上空無一物。若是擺上神明或牌位，這裡馬上就能搖身一變，成為一座佛堂。

偌大的空間只有兩個男人在場，一人是白衣黑褲的尋常裝扮，另一人身穿米黃色袍子，兩人皆面朝內盤腿坐在墊子上，貌似交談中。沈揚一行人經過大廳時，米黃袍男子還回頭向司機點頭示意。司機繼續領頭往左側樓梯走，上了二樓之後停在一扇白色木門前。這扇門看起來並不特別，倒是門板上掛了一個方型木牌，牌面上畫了一隻眼睛。一隻炯炯有神又莫測高深的眼睛。

司機輕輕敲門，裡面傳來「請進」的回應聲。司機把門往裡推開，自己隨即站到一旁，等五個青少年走入房間後，他才進來將門關上，從角落拿來五個灰色坐墊放在地上。沈揚趁機打量四周，這個房間和樓下大廳一樣走極簡主義風格，四面牆只塗白漆，沒掛任何裝飾品，地上除了一個床墊以外別無長物。室內有個男子坐在紫色的圓形墊子上，他的年紀看似坐四望五，身穿鮮亮的黃色道袍，留著兩撇小鬍子，頭髮雖長卻不邋遢。他的右眼像顆玻璃球，呆滯混濁且無神，但是他的左眼令人印象非常深刻——炯炯有神卻不咄咄逼人，彷彿可以一眼把你看穿。仔細一瞧，這隻左眼和畫在門上的那隻眼睛如出一轍，好像看著你，卻又似乎遙望你身後的未來。

畫者確實有抓到黃袍男子左眼的神韻。

「阿逸，還是很不舒服嗎？」黃袍男問那位司機。後者點點頭。

「你去休息吧。」

名為阿逸的司機告退離開。五位青少年就著墊子坐下來，遙望著與他們相隔約四公尺的黃袍男。沉默片刻後，黃袍男起身將圓墊往前踢到距離他們一公尺處，才重新落坐。

現場再度靜默。

「這是在幹嘛？」費文翔率先發難，「我們要大眼瞪小眼瞪到什麼時候？」

黃袍男發出隱含笑意的聲音。

「你看起來最穩重，」他以悅耳的聲音對費文翔說：「卻最沉不住氣。」

他的目光掃過眾人。

「你們知道我是誰？」

「你是預言者。」盧振東答道。

黃袍男露出略感驚訝的神情。

「小小年紀，卻知道我的身分，」他目不轉睛看著盧振東，「是誰告訴你的？」

「我自有消息來源。」

「你眼睛最小，卻看得最分明，」黃袍男說道：「可惜讓我等太久了。」

「你性子這麼急啊？」費文翔突然插嘴，「從啤酒屋到這裡，頂多只讓你等十分鐘。」

黃袍男發出近似嘆息的聲音。

「我已經等了三年。」

費文翔正要講話，卻被盧振東伸手制止。

「你在三年前看到異象？」

「你很聰明，反應也很快，」黃袍男淺淺一笑，「但你應該不是我要找的人。」

「為什麼？」盧振東口氣中顯然有不服氣的意味。

「你知道多少？」黃袍男反問。

「該知道的我都知道。」

「那你應該明白為何你不是『那個人』。」

盧振東沉思片刻，然後挺起胸膛。

「我可以告訴你我知道的部分，」他說道：「但也請你把來龍去脈告訴我們。」

「很公平，」黃袍男說道：「彼此交換情報。」

「等一下，」劉剛健突兀地開口，「萬一他耍賴怎麼辦？」

「預言者不會耍賴，」盧振東直視黃袍男的眼睛，「一切都在他的預料之中。」

黃袍男哈哈大笑，首度表露出明顯的情緒。

「你錯了，」他說道：「我根本沒料到你們五個人會來。」

7

這筆交易算是盧振東賺到了，因為他知道的其實只是概要。

「據說有人能夠看見異象並預測未來。此人曾經預言青田鎮會碰上大災難，而這位預言者在異象中看見一位青少年將會是關鍵人物，」盧振東停頓了一下，「想見預言者沒那麼簡單，大人要見到他得透過特殊管道，小孩想見他就更難了。不過，傳聞有個方法可以試試：想辦法在『銀海』啤酒屋死撐活撐，待愈久就愈有機會見到他本人。」

就這樣，不用一分鐘就講完了。

「所以你帶了一群朋友去試試看。」

「要打架，我們有大個子。要死纏爛打，我們有黏性十足的牛皮糖。若要使出美人計，」盧振東瞄了一眼田欣。「我們也有適當人選。」

田欣雖然雙眼睜開著，卻還是處於茫然無神的狀態。

「那你呢？」

「我負責動腦筋，」盧振東指著身旁的沈揚，「他負責找破綻。」

「團結力量大，」黃袍男嘆道：「先前的青少年不懂分工合作的道理，一心只想蠻幹。就算他們是強龍，終究鬥不過地頭蛇。」

「聽說排在我們前面的挑戰者，是一年前的三個棒球隊隊員。」

黃袍男點點頭。

「過關就可以免費大吃大喝，只要放出這種風聲，就有人一窩蜂地想來挑戰，」黃袍男說道：「頭兩年還有許多青少年來闖關。年輕人有的是時間和精力，鎮上的生活又很無聊，所以當時挑戰啤酒屋變成一種風氣，對你們這些小朋友來說，也是個有趣的遊戲。」

他停下來，閉起眼睛，像是在緬懷過去。

「結果證明有活力卻沒創意是行不通的，人活著就是要學會動腦筋。」

他睜開眼睛，語重心長地說：「近一年來沒有出現挑戰者，害我有點擔心。」

「你們不接受大人來挑戰？」沈揚開口問道。

「想出用大杯子隔離小杯子的就是你？」黃袍男露出興致盎然的表情。

「我要找的人是青少年，把時間和資源浪費在大人身上是沒用的。」

「我不懂，」費文翔插嘴道：「能在啤酒屋撐很久，這跟你在異象中看到的青少年有什麼關係？」

「的確沒關係。」黃袍男微微一笑，「我不曉得要去哪裡找人，但我覺得這個人應該很有智慧，或是擁有某種特殊能力。設定這個挑戰關卡是有點碰運氣的成分，不過，我們存在的這個空間，本來就是非理性的世界，有時你在最不搭調的地方，反而會遇上最重要的人。」

「我想知道你在我身上有看到異象嗎？」劉剛健突然打岔。

「我想知道我以後會不會變瘦。」費文翔跟著提問。

「我比較想知道你的背景來歷。」盧振東也跟著發問。

「不用急，」黃袍男舉起雙手，阻止他們繼續發問，「機會難得，我會從頭講給各位聽。」

田欣冷不防地往劉剛健的肩膀用力拍落。

「問這幹嘛，」她講話有點大舌頭，「知道自己的未來，人生就沒有驚喜了。」

「小妹妹講得很有道理，」黃袍男調整一下坐姿，「我就借用這句話來當我的開場白吧……」

有人叫我巫師，有人說我是預言者，可是十多年前來到這個小鎮時，我什麼都不是。硬要說的話，就是個一無是處的魯蛇。戶口名冊上面登記的名字是錢普森。我生性放蕩，喜歡遊手好閒，也做過很多工作，店員、水電工、建築工人……不過通通都做不久。三十歲的時候有過一段婚姻，但很快就分了，其實像我這種吊兒郎當、居無定所的男人，誰嫁我誰倒楣。

這是我第一階段的人生。原本以為這輩子就這樣過了，沒想到居然還有下集。

沒錯，要是提早看見自己的未來，人生就沒有驚喜了。如果早知道人生會起這麼大的變化，當時會不會重新思考活著的意義？很難說。人類是一種不見棺材不落淚的生物，就算知道將來會罹患糖尿病，現在的你含糖飲料還是照喝不誤，對吧？

言歸正傳。四年前的某天夜晚，我喝得酩酊大醉，整個人變得自暴自棄，一時衝動就跑到大街上。當時外面下著大雨，我全身被雨淋得濕答答，一股涼意頓時讓我清醒過來。那時候路上半個人影也沒有，全世界彷彿只剩下我一人，強烈的孤獨感攫住了我。

要不是天空正在下雨，我幾乎以為地球不會動了，時間也停止流逝。

明明已經被流放到鳥不生蛋的偏遠地方，可是那種被全世界遺忘的感覺，還是令人毛骨悚然。你們有過這樣的經驗嗎？應該沒有吧？畢竟你們年紀都還很小……不知道是出於恐懼或是冰冷的雨水所造成的影響，我全身發顫，突然悲從中來，心想乾脆就這樣豁出去了。我脫掉全身衣物，赤裸裸地站在雨中，仰望天空，雙手張開，聲嘶力竭地怒吼：不管祢想怎麼樣，放馬過來吧。

不曉得是不是老天爺在回應我。天空出現一道閃電，緊接著是轟隆隆的雷聲，下一秒鐘，我突然感覺到全身痠麻，雙腳無力，意識逐漸模糊。在昏死之前，我腦袋裡最後的念頭是：我被雷劈中了。

我醒過來的時候，是隔天的下午三點多。我爬下鐵床，光溜溜地走出太平間，把路過的行人和醫生嚇得半死。大家以為我早就掛了。

事實上，我的確死過一回。據說一大早有人發現我躺在路上，雖然已經斷氣，但還是把我丟棄在醫院門口。法醫檢查後，斷定我已死亡，然而由於我獨居，又沒有任何眷屬，所以無人來領取大體。院方就把我放在太平間，哪知道我居然死而復生。

命是撿回來了，不過右眼卻瞎了。

我回到家裡，一直在想這是怎麼回事。被雷擊中還不死，這不是奇蹟是什麼？我這種廢柴為何會死而復生？難道是某種天啟？

到了第三天，那位本來要把我開腸剖肚驗屍的法醫來家裡看我。他一進門，我的左眼突然看見奇怪的畫面，好像他身後有面銀幕正在播放影片，影片中的他跌下樓梯摔斷了腿。

他詢問我的狀況，並幫我做檢查和量血壓，但是我沒說什麼，我以為自己出現幻覺。

接連幾天下來，我相信幻覺應該是被雷擊中的後遺症，因為我在幾個鄰居身上也看到奇怪的影像。有的清楚，有的模糊。其中有個鄰居是騎車和別人對撞，那畫面太逼真了，彷彿車禍就在我眼前發生。我忍不住告訴他。他愣了一下，拍拍我的肩膀，轉身走開。

我懂。這事不管是誰聽了，都會以為我腦袋燒壞了。隔天下午，那位鄰居左手裹著石膏來找我，劈頭就問：「你還看到了什麼？」

從那天起，陸陸續續有人來找我算命。對，算命，他們是這麼說的。當時我還一頭霧水，不明白自己身上出了什麼狀況，儘管如此，我還是把看到的影像，一五一十地告訴上門詢問的人。

你們知道這是個小鎮，任何風吹草動都很容易一傳十、十傳百。有人開始叫我騙子，因為我說的事情並沒有發生；也有人稱讚我是預言家，幫他們逃過一劫；另外也有人叫我巫師，是褒是貶就看你怎麼想。我自己也搞不懂為什麼會這樣，有時候很準，有時候一點也不靈。大概三個月後，我聽說那位好心的法醫摔斷腿，出門只能坐輪椅。原來有的影像不是不會發生，而是時機未到。我開始有點明白了：看到的影像越清晰，代表事情會越快發生；反之，影像越模糊，發生的時間就越晚。

等一下，別再問我在你們身後看到什麼。我不是每次都看得見，而且奇怪的是，只要是未成年的孩子，我就什麼都沒看到。沒錯，在你們的背後，我現在只看見牆壁而已。

現在要說到重點了。現任的周鎮長，在三年前出來競選時，曾請我幫他看一看未來運勢。當時我在他背後看到放鞭炮和歡欣鼓舞的慶祝場面。結果他真的選上了。從那時候起，他對我禮遇有加，大小事都會來請教我的意見。我去鎮公所時會被奉為上賓。後來有一次我受邀去鎮公所，走到門口時，我整個人傻住了，因為眼前出現了異象：一名青少年站在建築物前面，伸出雙手像在發功，那幢建築倒塌崩毀而夷為平地，在廢墟之中浮現了一道彩虹。

我把這個異象說給周鎮長聽，他當場臉色大變，馬上趕我出去。我壓根兒不曉得哪裡得罪了他。當時還有幾個人聽到我述說的異象，沒過幾天，坊間開始有傳言說我妖言惑眾，唯恐天下不亂。從此我由紅翻黑，被鎮長的人馬視為眼中釘。

這件事讓我重新思考自己的能力。為什麼我會擁有它？我是不是被賦予了某種天命？雖然很多人認為我看到的異象是負面崩壞的象徵，意味著青田鎮將會大難臨頭，但我自己有不同的解讀：也許這個小鎮，不對，這個世界應該要垮掉重新來過才對。建設之前，必須先破壞。

我決定再也不幫人看未來運勢，除非有特殊原因。我接下來的任務，或許是找出那個孩子，協助他建造全新的彩虹世界。可是要去哪裡找那個孩子？這裡的國中生畢業之後，都會到外地就學，因此我猜想，我要找的人可能是國中生。但鎮上的國中生少說也有好幾百個，這要怎麼找？我只好出此下策，設定一個闖關遊戲，看看有哪個國中生能順利過關……

「你認為我們五人當中，有一個是你在異象中見到的青少年？」

「不無可能。」

「你有看見他的臉？」

「沒有，」錢普森帶著嘆息說：「那個青少年背對著我。」

「那你要怎麼判斷是我們當中的哪個人？」

「影像很模糊，但我記得那個青少年的身材普通，沒什麼明顯特徵。」

「那不就更難判斷嗎？」

「剛好相反，」錢普森說道：「我可以輕易刪除幾個人選。」

他指著盧振東。

「你，太瘦了。」

食指接著轉向費文翔。

「你，太壯了。」

然後指向劉剛健。

「你，太高了。」

眾人的目光同時投向沈揚。他是中等身材，不高也不矮，不胖也不瘦。

「你，太笨了，」田欣對錢普森嗆聲，「你應該要找有超能力的人。」

她伸出雙手，掌心朝外，突然發出「喝！」的一聲。錢普森沒被嚇到，反而報以微微一笑。

「真的有超能力的人，不見得會外顯炫耀，」他說道：「所以我退而求其次，先找臨場應變能力強的人……」

突然，「砰」的一聲，門外傳來巨響，大夥兒全呆住了。

8

「那是什麼？」

「很像爆炸聲？」

「比較像有東西砸下來。」

大家屏氣凝神，豎耳聆聽，結果卻僅此一聲，並無下文。

「本人身為電玩達人，」費文翔說道：「我覺得剛才那應該是槍聲。」

錢普森瞇起眼睛，彷彿看到異象出現在眼前。他突然起身，從沈揚與盧振東之間穿過去，然後開門往外跑。五名國中生也跟著往外衝。他們沿著走廊快速前進，到了盡頭向右轉，看見有個身形消瘦的男子迎面而來，最後雙方在右側房門前面停下腳步。消瘦男子早到了兩步。

「阿源，你也聽到了剛才的巨響？」錢普森問道。

「聲音好像是從這裡傳出來的。」那人答道。沈揚覺得這位阿源有點眼熟，看見他身穿米黃色袍子，隨即想起好像在一樓大廳看過他。此人應該是這裡的工作人員。

沈揚看見他伸手握住門把，但似乎轉不動。

「上鎖了。」阿源皺著眉頭說。

錢普森用力敲門。

「阿光，你在裡面嗎？」他大聲喊道：「發生什麼事了？」

沒有任何反應。

「也許他不在裡面。」阿源說道。

「但是那聲音非常大聲。」

「說不定是書櫃倒下來。這個房間一向凌亂不堪。」

「拜託，根本不像書櫃倒下來的聲音，」費文翔插嘴道：「說是槍聲還比較有可能。」

「阿光，快開門。」

錢普森鍥而不捨地敲門，但依舊沒人回應。

田欣突然作勢要去轉動門把，她的手伸到途中卻被阿源一把握住。劉剛健立刻抓住他前襟。

「你幹嘛？放開她。」

「別緊張，」阿源邊放手邊說：「如果裡面真的發生槍擊事件，現場最好保持原狀，不要亂碰任何東西。」

「你說得對。」錢普森問道：「備用鑰匙呢？」

「應該在儲藏室。」

錢普森當機立斷，做出指示：

「你去拿備用鑰匙過來，我在這裡守著。」

「這樣不好吧？」阿源以不安的口吻說：「萬一裡面有危險人物衝出來……」

「就因為這樣，更應該有人留守，」錢普森以刻不容緩的語氣說：「快去拿鑰匙。這幾個學生會在這裡陪我。」

「可是……」阿源遲疑不決。

「放心吧，不會有事的。」

阿源點點頭，轉身跑開。盧振東對著沈揚和費文翔說：「我們也跟過去看看。」於是田欣和劉剛健留下來陪錢普森，其他三個人跟著阿源離開。

四人快步通過走廊，來到盡頭處的右側有兩道門。阿源打開最後面的那道門走進去，其他人尾隨其後。他們發現那位司機阿逸正坐在櫥櫃旁。

「阿逸，你窩在這裡幹嘛？」

「我……」阿逸講話有點結巴，「我在整理東西。」

「咦，」費文翔很驚訝地說：「原來你不是啞巴嘛。」

沈揚意識到室內瀰漫著一股屁味，而費文翔也因為不滿盧振東直盯著他看，兩個人又對上了。

「你瞪我幹嘛？」

「我有瞪你嗎？」

「你那是什麼眼神？」

「你那是什麼口氣？」

阿源沒理會這兩個小屁孩的口角，直接走到櫃子前面打開抽屜，從中拿出一把鑰匙。他沿著原路跑回去，其他人也跟著離開，只留下阿逸一人在儲藏室裡。四人回到剛才的房門前與錢普森等人會合，阿源將鑰匙插入鎖孔，手一扭，握把轉動了，房門順利打開，眾人一擁而入。阿源一馬當先衝向牆邊的辦公桌，從牆壁和檔案櫃之間的夾縫擠進去，在桌子後方彎腰蹲下來。沈揚一進室內，立刻聞到火藥味，隨後聽見站在辦公桌前面的錢普森大叫：「轉過身去，你們不要看！」

來不及，沈揚已經看到了。雖然沒看見全貌，至少目睹牆上有一灘血。像煙火般爆開來的鮮血。

這裡絕對是個命案現場。

五名國中生被趕出房間。警方很快就抵達現場，宋銘凱小隊長帶了兩個鑑識人員同行。三人在案發現場待不到十分鐘就出來了。

「沈揚，咱們真是有緣，這麼快又見面了。」宋銘凱一派輕鬆地說：「你是來找錢壇主幫你卜卦？是問功課？還是問愛情？」

他指著沈揚背後，面露驚訝狀，「啊，我看到了，原來是……」

「小隊長，調查的結果如何？」錢普森打斷他的話，直接提問。

「壇主，你的天眼通還沒張開嗎？」宋銘凱語帶嘲諷地說：「要不要看看我背後有什麼畫面，預言一下我能否破案？」

「別開玩笑了，」錢普森臉色鐵青，「我不是警察，哪知道你能不能破案。」

宋銘凱接著把矛頭轉向沈揚。

「那就來問問這位小偵探，」他嘻皮笑臉地說：「奇怪耶，話說神探每到之處，必有死人出現。你究竟是神探，還是死神？一字之差，差之千里啊。」

「說這麼多，該不會又是要沈揚幫你吧？」盧振東好似嗅到陰謀的味道。

「你不給線索，教人家怎麼推理？」費文翔也打抱不平地說。

「言之有理，」宋銘凱索性盤腿坐下來，「我就說給你聽，免得落人口實，說我以大欺小。」

此時，所有人都待在一樓大廳。錢普森坐在平台的圓墊上，他的兩名弟子阿源和阿逸跪坐在台下，五名國中生一字排開坐在左側，宋銘凱在右側和他們面對面坐著，身穿白衣黑褲的男子坐在遠處角落，兩名鑑識人員像保鑣一樣站在門口，腳邊平放裝著阿光遺體的黑色屍袋。

死了。」

「總共有十三人，」田欣突然亂放炮，「十三不祥，難怪有人被詛咒，

她曲起右手食指示意。

宋銘凱皺著眉頭，一臉不解。

「她喝醉了。」費文翔說道。終於有人把這句話說出口了。

「我沒醉。我還能喝。」

「還說沒醉，」費文翔反駁她，「這三名警察是後來才出現的。出事時這裡只有十個人，根本不是十三個人。」

「死胖子，竟敢跟我頂嘴。」

太扯了，平時冷若冰霜、心如止水的田欣，居然也會爆粗口。沈揚怕節外生枝，只好趕緊介入。

「小隊長，快說吧。」

宋銘凱輕咳一聲，清了清嗓子。

「聽清楚了。第一，案發現場的房間只有一道門，沒有任何窗戶。」他

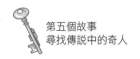

開始敘述，「那道門關上時不會自動上鎖，必須從室內轉動安全栓，或是拿鑰匙從外面鎖上。」

沈揚腦海裡出現了阿源轉不動門把的畫面。

「第二，死者阿光所在的位置，是用辦公桌和兩座檔案櫃圍成的ㄇ字形區域，把他自己包夾在牆邊。根據現場證據顯示，死者連同椅子翻覆在地，子彈是從口中射入，腦袋因而爆裂開花，附近的地上有把槍，扳機上面有死者食指的指紋。牆上有爆開的腦漿和血液。」

沈揚感到有點反胃。牆上的血跡他剛才也看到了，確實令人怵目驚心。

「第三，我們在阿光的口袋裡找到鑰匙。雖然儲藏室有另一把備用鑰匙，不過根據阿逸的證詞，他從外面回來之後一直待在儲藏室，況且在阿源和幾個國中生跑進去拿鑰匙之前，沒人進去過，也沒人碰過鑰匙。」他停頓一下，「意思就是說，陳屍現場是一間密室！」

密室。這兩個字好像擁有無上的魔力，彷彿它們一出場，就能讓空氣凍結，引來滿場的驚訝或感嘆。

「說到這裡，其實我們就可以結案了，」宋銘凱伸手插入頭髮撥弄一下，「不過為了保險起見，我們還是檢查了一樓後門，結果是上了鎖又插上門栓；至於前門，我調閱過裝在房簷上的監視器影片，並沒有人進出過。」

百分之百的密室，沈揚聽見費文翔喃喃自語。現場有好幾個人跟著點頭，看來應該沒有異議。

「怎麼樣，沈揚，」宋銘凱說：「你的灰色腦細胞告訴你答案了嗎？」

「在回答你之前，我想先知道所有人在案發當時的位置。」沈揚提出要求。

「你這叫做畫蛇添足，」宋銘凱笑咪咪地說：「就算你再多問幾個問題，答案還是一樣。」

他伸手一揮，指向錢普森。

「請大家交代自己當時的行蹤，就從壇主開始吧。」

「我和這幾位同學在我的房間裡面聊天。」錢普森說道。

「沒錯，」盧振東代表大家發言，「我們聊得很開心。」

「我待在儲藏室。」阿逸說道。

「我待在自己的房間，」阿源接著說：「對了，我的房間在儲藏室隔壁。」

眾人同時將目光投向獨占角落的男子。

「我一直待在大廳這裡，」穿著白衣黑褲的男子答道：「我是來找阿光討債的。他欠我錢不還。」

沈揚記得先前阿源曾跟他講過話，當時好像就是在安撫他。

「正常情況下，我會馬上把你抓到警局去，因為你有殺人動機。」宋銘凱露出別有深意的笑容。「不過，算你好運，這是自殺事件，應該與你無關。大概是當事人還不了錢，所以走上絕路。」

這時沈揚又聞到一陣屁味。站在門口的鑑識人員突然咳了一聲。

「好啦，我知道啦，」宋銘凱露出不甘願的表情，「我的手下提醒我還有一條線索沒講。那就是，死者的脖子有條勒痕。」

他邊說話還邊伸手亂揮了幾下，像在驅趕擾人的蚊蠅。

「不過，這改變不了事實。自殺就是自殺。也許他太瘦了，想上吊還死不了，所以改為用槍自盡。這案子我想是用不著小偵探出馬了。」他毫不掩飾揶揄的口氣，「錢壇主，你大概沒料到自己的地盤成了自殺的好地方吧？」

他哈哈大笑，頗為得意一下子就消遣了兩個人。

「我們走。」

他起身走向門口。門邊一位鑑識人員揹起屍袋，另一位轉動門把，打開大門。

「等一下，」沈揚說道：「這案子或許不是自殺事件。」

「蛤？」宋銘凱停下腳步，呆若木雞。「你說什麼？」

「說不定這是一樁兇殺案。」

現場每個人都露出驚訝的表情，感到錯愕的不僅小隊長一人。短暫的靜默中，只聽到「咚！」的一聲，屍袋突然重重掉在地上……

給讀者的推理大挑戰

這一回的挑戰書提早登場。原因是：密室殺人案件終於出現了。

推理文學界有個不成文的規定：凡是創作推理小說者，畢生至少要挑戰一次密室案件，無論是殺人案或失竊案皆可，只要場景設定在密室就行。

身為讀者，我對密室懷有高度興趣，畢竟密室案件有如不可能的犯罪，那是創作者嘔心瀝血的炫技。身為作者，我當然也是躍躍欲試，希望能寫出可以流傳千古的經典詭計。不過，就如同許多前輩作家所言：最滿意的作品（或是詭計）永遠是下一本創作。如果這篇故事中的密室命案沒能騙過各位讀者的雙眼，希望我的下一個密室詭計能夠更精采，並且挑戰成功。

解謎之前，再度提醒大家一下：所有的線索全都呈現在你們面前。但願各位能體會並享受到密室解謎的獨特魅力。

9

「你要如何破解密室之謎？」

宋銘凱的這一問，也正是眾人心中的疑問。

「暫時別管密室，有個問題必須先弄清楚，」沈揚說道：「阿光真的是自殺嗎？」

「不然呢？」宋銘凱挑起眉角，口氣不悅地說：「門上鎖了，鑰匙在死者口袋裡，備用鑰匙放在儲藏室。這些都是你們告訴我的。難道你要自打耳光，推翻自己的說詞？」

「我沒這麼說。」

「不然是什麼意思？為何你說或許不是自殺事件？」

「這是你告訴我的。」

「蛤？」宋銘凱張大了嘴巴。「我……我到底說了什麼？」

「你說槍的扳機上面，有死者的食指指紋。」

「那又怎樣？這就是證據，死者拿槍自殺的確切證據。」

沈揚慢條斯理地搖搖頭。

「如果拿槍指著自己腦袋自殺，這就沒有問題。若是把槍口放入自己嘴裡，這個動作未免太……」他面無表情地說：「你自己試試看。」

宋銘凱伸出拇指和食指，兩者呈九十度角，他假裝右手是槍，放入自己嘴裡，頓時見他表情有異。

「彆扭吧？」

宋銘凱沒吭聲，臉色一陣青一陣白。倒是他的手下講話了。

「對喔，把槍插入嘴裡自殺時，應該是用拇指扣扳機才對。」

「我聽你說扳機上面有食指指紋時，」沈揚點頭說道：「當下就覺得奇怪，他真的是自殺嗎？」

「就算你說的有理，」小隊長很不情願地說：「但你還是得解開密室之謎才行。」

「既然可以偽裝成自殺，那麼密室應該也是兇手的傑作。」沈揚站起來說道：「兇手是如何布置現場呢？」

無人回答。沈揚走向關著的正門。

「這次密室的成因，其實可能很簡單，」他邊走邊說：「有個辦法，可以在一瞬間形成密室。」

他停在門口，伸手抓住門把一轉，卻轉不動。

「咦，剛才那位警察叔叔不是已經把門打開了？」費文翔問道。

「什麼意思？」盧振東眼睛突然一亮，「你是說……」

說時遲那時快，沈揚的右手再度一扭，這次門把轉動了。

「密室是演出來的，」他解釋道：「兇手在演戲。門根本沒上鎖。本來就沒有密室。」

大家不約而同地看著沈揚話中提到的「兇手」。

「這可能是史上製作成本最低的密室，只要一個動作、一個表情，再加上一句話，就可以製造錯覺、形成密室。」

「你們不要聽這個小孩胡說八道，」阿源的口氣焦慮，「我沒演戲，房門真的有上鎖。」

「『眼見為憑』，兇手利用這四個字來誤導大家，」沈揚繼續說道：「應該還有人記得吧，他以不可破壞現場證據為由，阻止田欣去碰門把？」

費文翔點頭如搗蒜。

「然後他跑去儲藏室，拿出備用鑰匙，再跑回來插入鎖孔，做出開鎖的動作，接著率先進入房間，衝向死者所在的位置，從牆壁和檔案櫃之間的空隙擠進去，蹲下來查看阿光的狀況。這整個流程我沒說錯吧，錢壇主？」

「沒錯，」錢普森答道：「我跟在阿源後面進入房間，最後在辦公桌前面停下來，整個情況正如你所說。」

「他的行動快如閃電？」

錢普森點頭示意。「我差點跟不上他的腳步。」

「為什麼他會直接衝向檔案櫃那邊，你不覺得奇怪嗎？」

「現在回想起來是有點怪，」壇主沉吟道：「從門口的位置，不但看不見屍體，也無法看到牆上的血跡。」

「那是因為……」

阿源話還沒說完，就被沈揚伸手制止。

「他蹲下來的時候背對著你？」他又問錢普森。

「是的。」

「你沒看到他的手？」

「沒看到。」

「就是趁著這個時候，他把藏在手中的鑰匙放入死者口袋裡。」

全場譁然。阿源激動地跳起來。

「你這個小鬼亂講話誣賴我，」他氣急敗壞地說：「為何不說阿逸是兇手？他一直待在儲藏室，絕對有機會拿到備用鑰匙行兇殺人。」

「你……我……」阿逸一急，連話都說不清楚了。

沈揚走回來，鼻頭抽動一下。

「各位有沒有聞到什麼味道？」

「屁味。」盧振東看著費文翔答道。

「不是我放的！」

「今天這股味道一直在我們四周如影隨形。」沈揚說道：「我在車上聞過，在儲藏室聞過，在這個大廳也聞過。」他停頓了一下，「只有一個地方沒聞到——案發現場的那個房間。這是什麼原因？」

他轉身面向阿逸。

「這位大叔，你是不是身體不太舒服？」

「我……」

「他胃腸不適，屁放個不停，」錢普森代替他回答：「所以才躲在儲藏室。」

「早就跟你說不是我！」費文翔對盧振東怒目而視。

「他所到之處都留下味道，只有案發現場沒聞到，由此可見，」沈揚做出結論，「既然他沒去過現場，當然不可能是兇手。」

「有可能是火藥味蓋過他的屁味。」阿源還在強辯。

「這個味道真的很濃，我相信大家都不會有意見。」

現場眾人都默默點頭，小隊長宋銘凱也是其中之一。只有阿逸一臉狼狽地低著頭。

「火藥味雖然很嗆，但不見得能完全掩蓋這股屁味，」沈揚接著往下說：「況且，還有一個原因可以證明阿逸大叔是兇手的可能性比你低。」

「還有什麼原因？警官、師父，這個小鬼講的話根本不能聽。」

「我猜死者很神經質，不喜歡跟別人近距離接觸。」沈揚不為所動地繼續說：「他脖子上面留下的那條勒痕，應該是兇手拿繩子從他背後把他勒昏，再把槍放入他嘴裡，布置成自殺的假象。」

沈揚指著白衣黑褲男子。

「什麼人可以接近死者？登門討債的人沒辦法吧？這時候躲都來不及了，怎麼可能讓他接近。」沈揚轉向錢普森說道：「師父當然可以靠近，可是錢壇主當時跟我們在一起，有不在場證明。」

接著，他站到鑑識人員旁邊。

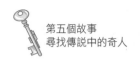

「同門師兄弟也可以。但是阿逸大叔身材比較魁梧，很難從牆壁和檔案櫃之間的空隙鑽進去，剩下這位阿源大叔，」沈揚身形一動，剛好從正門與鑑識人員之間穿過，「樓上現場那個空隙絕對擋不住他。」

「這是詭辯，師父。警察先生，兇手絕對是阿逸，他一定是先搬動檔案櫃，再進入辦公桌後方殺害阿光……」

沈揚還是沒讓阿源把話講完。

「小隊長，現在有兩件事可以做。第一，檢查阿源手上有沒有硝煙反應，確認他是不是開過槍，不過，我相信他一定會辯稱碰過阿光的屍首，所以沾到火藥微粒子。第二，你可以去搜索他的身上和房間，搞不好會發現一條繩索，上面殘留的微物跡證，說不定會符合死者的DNA。」

阿源大叫一聲，隨即往樓梯上衝。宋銘凱竟然呆呆地看著他跑掉。

「還不快追！」

這真是一語驚醒夢中人。三名警察立刻追上去。宋銘凱一度回頭，用難以言喻的眼神看向沈揚。

「太厲害了，從一個疑點開始，發展出整套理論，最後推理出真相。」

錢普森也甘拜下風。

「這只是簡單的推理，從點到線再形成面，收集所有線索，從中找出可能的解答。」

錢普森對他這番解釋置若罔聞。

「沈揚，或許你真的有可能改變這個小鎮。你應該就是我預見的救世主。」

他走下平台，拍拍阿逸的肩膀。

「世事難料。沒想到這擾人的屁味居然證明了你的無辜，人生真是處處有驚喜啊。」預言者自我嘲諷地苦笑道：「趕快送他們過去吧。」

「去哪裡？」費文翔問道。

「事不宜遲，趕快去就是了，我等不了明天再來證實這件事。」

「該不會又要坐在車子裡被屁熏？」

阿逸不好意思地臉紅了。一群孩子看一個大男人露出窘態，實在是很尷尬。

「送我回啤酒屋，我還要喝。」大呼小叫的是田欣。

在一陣拉拉扯扯的混亂中，眾人登上休旅車。

剛過六點的天色漸黑。車子在黃昏之中快速前進。

「我們要去哪裡？」沈揚小聲問盧振東。

「不知道。」

盧振東的瞇瞇眼在昏暗中發出亮光。

「只知道再來是最後階段。」

「什麼意思？」

「接下來才要進行我們這一趟的主要任務。」

「什麼任務？」

「我幫你安排的任務，」盧振東神祕兮兮地說：「把『那個人』找出來。」

「哪個人？」

「那還用說，當然是『救世主』。」

10

「好像在趕場的大明星哦。」費文翔頗自得其樂。

這一段車程很短，還不到五分鐘，阿逸停車在一間農舍前面。

「進去吧，我在這裡等你們。」

下車走近一瞧，這間農舍並非一般的房舍。整個外牆都刷上白色油漆，牆壁上鑲嵌了四面花窗玻璃。屋頂有兩面坡，是傳統的硬山式屋頂，上簷的鐘塔有穹頂，圓鐘指出即將六點十分。

要不是穹頂少了十字架，否則這幢建築物真像是個小教堂。

五人開門魚貫而入。室內的擺設更像教堂：中央走道由門口直通布道台，兩旁是一排又一排的長椅，但是沒見到管風琴，也沒有復古的枝形吊燈，只見一根根嵌入天花板的日光燈管。奇怪的是，並沒有看到十字架和耶穌像。沈揚猜想，或許這裡原本是計畫蓋來當小教堂使用，但不知為何，也許是預算不足或業主改變心意，結果變成像是未完成品的集會場所。

一名灰衣僕役朝他們行禮。

「白神父正在忙，請各位稍待片刻。」

僕役一離開，費文翔立刻找位子坐下來。長椅上已經坐了十來個人，有人低頭沉思，有人雙手合於胸前祈禱。

「喂，小瞇，都六點多了，我們來得及在宵禁前回到家嗎？」

「不用擔心，阿逸叔在外面等我們，他會送我們回家。」

「究竟來這裡幹嘛？感覺起來像是從佛堂來到教堂，我們今天成立的是進香參拜團嗎？」

盧振東邊搖手邊跟費文翔眨眼使眼色。

「幹嘛？我說錯了嗎？這裡到底拜什麼神啊？沒看到耶穌，也沒有觀世音菩薩，該不會是什麼邪教？」

真是敗給他了，盧振東豎起食指壓在嘴唇上，另一手指著費文翔後方。費文翔回頭一看，背後站了個一臉肅穆的白袍老人。

「小朋友，是錢普森叫你們過來的嗎？」

看來此人正是白神父。所有意識清醒的人都點頭了。

「抱歉，剛才有人來告解，一時走不開，」白神父以近似無奈的口氣說：「也不曉得要跟你們說什麼……」

「白神父……」那位灰衣僕役過來在他耳邊輕聲細語。他嘆了一口氣，表情更為嚴肅。

「我們這裡晚上六、七點的時候最忙，」白神父轉過頭對沈揚等人說：「你們稍微參觀一下，待會兒就回家去吧。」

「白神父，讓我請教一個問題，」盧振東問道：「這些大叔大嬸來這裡做什麼？」

「唉，因為他們……不對，因為我們都是有罪之人。」白神父答道：「在一天即將結束的時候，我們每個人都需要懺悔，尋求心中的寧靜。」

一說完，白袍老人就邁開大步走掉了。

「搞什麼啊，我年紀輕輕，哪來的罪，幹嘛來懺悔？」費文翔抱怨道。

「無聊死了！幹嘛不去啤酒屋？」酒精作祟讓田欣性格大變。「我口好渴。我要去找東西喝。」

她不但發飆，而且整個大暴走。劉剛健伸手拉住她。

「幹嘛拉我？你是我什麼人？」她破口大罵，「別像跟屁蟲一樣黏著我不放。」

她轉身走開，留下傷人的話語。

「喝醉酒講的話，不必當真。」沈揚安慰劉剛健。

「快去追她，」劉剛健臉上一陣紅一陣白，「你勸她的話，她會聽。」

沈揚轉頭一看，田欣已經走到布道台那邊去了。他趕緊追上去，才一轉眼工夫，田欣已不見人影。四下張望之時，她卻從布道台左側冒出來，沈揚趕過去抓住她的手腕，發現她手掌沾了白漆。一旁的迴廊出入口放了立牌，上面寫著：牆壁油漆未乾。

「我們要回去了。」

「再等一下啦，」田欣近似撒嬌地說：「我要找東西喝。」

她拉著沈揚的手，往布道台右側衝過去。

「回家再喝。這裡不是賣飲料的地方。」

喝醉的田欣哪管這麼多，她走進一個掛著布簾的隔間。

「什麼嘛，根本不是小店舖，這是休息睡覺的地方。」

沈揚跟著進去。這個隔間很暗，唯一的光源是從天花板透氣窗透進來的微弱燈光。空間也很小，裡面靠牆處擺了一張長凳子，兩人在此活動顯得有些擁擠。田欣一屁股往凳子坐下去，便靠在牆上閉起眼睛。

「讓我睡一下。」

「不行，」沈揚傻眼了，「大家都要回去了。」

「瞇一下就好。」

這下子頭痛了。他不能拋下她獨自走掉，可是兩人就這麼獨處一室也不妥。

「田欣，」沈揚輕聲說道：「我要抱你起來。」

沒反應。

「你要有心理準備，」他輕拍田欣的臉頰，「不可以動手打人。」

沈揚彎腰正要伸長手臂時，突然聽到講話聲。

「我準備好了，神父。」

這話並非出自於田欣之口，聲音是從牆外傳進來的。沈揚這時才發現，原來牆上還有面小窗。

「我有罪，神父。」

講話的人就在小窗另一邊。原來這是一間告解室。

田欣哼了一聲。沈揚趕緊摀住她的嘴巴。

「對不起，我很久沒來告解了。」

這是男生的聲音，聽起來有點耳熟。

「從上次到今天，已經過了四個月又十七天，在這段期間所犯的錯有……」

講話聲突然中斷。

「我非常愛慕某人，我動了色慾。」

此人講話的速度不快，彷彿還沒下定決心要全盤托出。

「我很想見到這個人，我無時無刻都想跟這個人在一起。我的心變得非常貪婪。」

此人似乎為愛所苦。

「我寫了一張卡片，做了一份蛋糕，想送給這個人當生日禮物，可是我一直放在背包裡不敢拿出來，而且還間接造成一場風波。最後我把蛋糕丟掉，浪費了食物。」

沈揚依稀記得，這是七宗罪當中的「暴食」。

「我為了這個人備受煎熬，差點就放棄自己的興趣，拋下自己的責任。我是懶惰的罪人。」他放下心防，開始侃侃而談。「對於不能接受這段感情的人，我詛咒他們，我憎恨他們。我犯下暴怒的罪。」

不知怎地，沈揚覺得哪裡怪怪的，他腦袋裡像是有幾片拼圖在移動。

「最嚴重的是，我對神明不敬，因為我愛上不該愛的人，」這個人停頓了一下，「我愛上一個男人。」

沈揚突然明白怎麼回事了。他知道隔壁的人是誰。在靈光一閃的當下，他感到右手劇痛。田欣狠狠咬了摀住她嘴巴的手，隨即揚聲惡罵。

「有完沒完啊，你喜歡男人又怎樣？囉哩囉嗦吵得我不能睡覺。」

來不及阻止了。突然間一片沉靜，猶如大禍臨頭的前兆。沈揚聽到急促的腳步聲趨近，布簾頓時被掀開來。

門口站了一個人——王瑜仁。

「你們躲在這裡幹嘛？」

「誤會一場。」沈揚只能這麼說。

「你們偷聽我告解？」

「我們沒有要偷聽的意思，只是剛好走錯地方……」

沒想到田欣突然站起來開罵：「誰要偷聽你廢話連篇。喜歡男人又怎樣，幹嘛扭扭捏捏。」

「可是……」

「你很煩耶，剛才吵得我不能睡，現在又擋住門口不讓我出去。」

田欣用力推了王瑜仁一把，趁他後退時大步走出去。沈揚尾隨其後，但走沒幾步，卻被王瑜仁抓住肩膀。

「你們跟蹤我？」他的眼神悲憤莫名。「怎麼可以刺探別人的隱私？」

「你誤會了，真的不是這樣，」沈揚百口莫辯。「我得去追田欣了，明天再跟你解釋。」

沈揚的視線追逐著田欣的身影，突然有樣東西吸引了他的目光。那是一支大型的十字架，側歪立在布道台右側角落的地上，就像向左傾斜三十度角的稻草人一般，它所在的位置有點尷尬：如果站在走廊往布道台張望，有可能會漏看它；倘若處在布道台附近，那麼這支十字架就會突兀地出現在視線中。

不知為何，沈揚走向十字架，伸手抓住本該與地面垂直的直木，用力扳動它。

結果還真的動了。

當它回到正確角度時，全場的日光燈頓時熄滅，只剩下一盞隱藏在天花板的聚光燈射出強光，打在十字架和他身上。沈揚別開視線。聚光燈太亮了，而十字架也反射出耀眼的光芒。

如果這是個舞台，那麼被燈光聚焦的沈揚，便成了眾人目光的焦點。

11

「為什麼燈只打在你身上？」費文翔還在狀況外。「你要開演唱會？」

「真要開演唱會的話，現在就不會坐在這裡了。」盧鎮東說道：「你扳動了十字架？」

沈揚點點頭。

「為什麼？」盧振東又問：「我認為你應該不會手癢亂碰東西。」

沈揚想了一下。

「不曉得該怎麼說。一看到十字架，我就不自覺朝它移動。一靠近它，就自動把手伸出去。也許在潛意識中，我想要把歪掉的東西矯正回來。」

「這就是天命啊。」白神父說道。

祈禱室只剩神父和五名學生，其他人都被請出去了。白神父一改嚴肅的表情，口氣中甚至難掩興奮之情。

「時間不多，待會兒要送你們回家，」他說道：「我只講一個故事給你們聽。」

他閉上眼睛，沉浸在靜謐的氛圍中。

「這是個關於奇蹟的故事……」

「我不想聽跟宗教有關的故事。」費文翔說道。

「閉嘴！」田欣罵道。她在叫誰閉嘴，這就不得而知了。過了片刻，白神父才繼續往下說：「事情要從十九年前開始說起……」

十九年前，我來到偏僻荒涼的青田鎮。當時這裡什麼都沒有，沒有醫院，也沒有學校和教堂，簡直是百廢待舉，一切要從頭開始。

我奉命要蓋一所教堂，但是人力不足、經費不夠，使得這項工作十分艱鉅。從無到有，我覺得這是上帝給我的考驗。我可以安慰自己、鼓勵自己，不過執行上的困難確實不容易克服。幸好那時候的洪鎮長幫了很大的忙，他借調人手給我，替我爭取經費，找人幫我修改設計圖，施工時來勘察並加油打氣。他是我在這個鎮上的貴人。

當時我沒料到，他不僅幫我那一次。

雖然辛苦，但事情總是有進展。打地基，埋鋼筋，搭鷹架，灌水泥，教堂外觀的雛形終於完成。有一天，某個工人提議將十字架吊上鐘塔安裝看看，他想測試梁柱的承載力夠不夠。我同意了。事後回想起來，這真是個愚蠢的決定。

那天風好大，十字架吊上鐘塔時，它像支鐘擺搖晃得很厲害。我站在工地抬頭張望，沒有喊停，沒有叫大家小心。我就像被催眠似的，腦袋一片空白。剎那間，就像有人突然轉開電視機的音量似的，我聽到有人驚聲尖叫，下一秒鐘我才回過神來。我發現十字架從高空墜落，不幸的是，它正朝我這邊掉下來。

那支十字架是鑄鐵材質，少說也有一兩百公斤重，尺寸大小剛好可以把一個成人釘在上面。想像一下，這樣的龐然巨物從天而降，聲勢真的非常驚人，畫面也很嚇人。

我說得好像不關己事。但我當時真的一點也不驚慌，內心反而很平靜，唯一的念頭是：這就是我即將面對的天譴。

我張開眼睛，伸展雙臂，等待那一刻的到來。

結果那一刻並沒有發生，我毫髮無傷，肉身沒有受到強烈的衝擊。

因為途中有人把它攔截下來。

這個人是洪鎮長。他就像超級英雄一樣憑空冒出來，使出空手入白刃接住沉重的十字架，然後雙腳安穩著地。這時候全場鴉雀無聲，大家都呆住了。事後回想起來，會有這種反應並不奇怪。這是十九年前的往事，當時洪鎮長已經是四十歲的中年人，怎麼會有如此神力？眾人的眼神驚駭莫名，像是在看一頭怪物。

或許只有逃過一劫的我，可以用平常心看待洪鎮長。儘管匪夷所思，但我不覺得可怕，也許上帝給的不是天譴，而是要我見證一個奇蹟。

洪鎮長隨手將十字架插在地上，走過來拍拍我肩膀，問我：「沒事吧？」我雖不害怕，但還是一句話都說不出來。那天我們就先停工了。隔天繼續施工時，卻發現那支歪斜插在地上的十字架居然怎麼樣都拔不出來，偏偏那個位置是在布道台附近，所以非處理不可。唯一的辦法，是將那一區的地基挖掉重鋪。

但是我不想這麼做。我認為拔不出來的十字架，是我見證的第二個奇蹟，有保存下來的必要。於是我決定只蓋小教堂，而且一切從簡，花俏的彩繪玻璃窗不用了，不常使用的管風琴也免了。有人批評我離經叛教，不再是上帝的僕人。教堂裡該有的沒有，不該有的情況卻任由它出現在那裡。我倒覺得上帝的旨意，是要我從另一個角度看這個世界。

後來我問洪鎮長那天的英勇舉動，他只說沒什麼，都是腎上腺素在作祟。

儘管他人很謙虛，但我相信在他的領導下，可以洗滌所有人的罪惡。

然而四年前，洪鎮長無故失蹤，從此下落不明。我隱隱約約覺得，有股邪惡的力量在鎮上日漸滋生。

就像在呼應我的感覺似的，後來我看見不尋常的徵兆。

有天晚上突然風雨交加，又是閃電又是打雷。十多年來，我在這裡第一次見到天空產生異象。老天爺要透露什麼訊息？莫非上帝在警告我們這些罪人？

新的鎮長上任後，行事作風引起爭議，造成鎮民的分裂和對立，原本與世無爭的小地方，逐步墜落成各懷鬼胎的城鎮。這個小鎮可能正走向毀滅之路，會不會有人挺身而出、力挽狂瀾？洪鎮長到底人在哪裡？會不會像救世主一樣再度現身？

如果真有救世主的話，會以什麼樣的身分誕生？我捫心自問，此人應該是洪鎮長的接班人。若是如此，這個人應該也是「奇蹟之人」，擁有神奇的力量，可以扳動教堂裡的十字架才對。我私心如此盼望。

這將會是我見證的第三個奇蹟。

「你覺得我是那個『奇蹟之人』？」

「我不確定你是不是，但我知道這個小鎮需要奇蹟。」白神父說道：「這麼多年來，有多少鎮民動過那支歪斜的十字架，但它始終無法撼動。」

「扳動十字架叫做奇蹟，你設定的門檻未免太低了。」

「那是因為你不明白這件事有多困難。即便沒人成功過，但我還是懷抱著一絲希望。我不擔心人家來碰十字架，就怕萬一有人扳動了我卻不知情，所以才用這種戲劇化的方式來通知我『那個人』出現了。」

沈揚看了盧振東一眼，只見這個「情報頭子」搖搖頭。

「你和錢壇主一樣，都用奇怪而且荒謬的方式，來尋找可能並不存在的救世主。」

「或許吧。」白神父微微一笑，原來他也有這樣慈眉善目的一面。「我本來也覺得他設計的關卡很可笑。不過，我們各自見證奇蹟，從此心中有了自己的神。只是我萬萬沒想到，我們各自找到的救世主可能是同一人。」

「那倒未必。」

白神父愣了一下。

「什麼意思？」

「你這盞聚光燈的機關怎麼啟動？」沈揚問道：「十字架只要移動一下就會亮燈？還是必須把它扳正才行？」

「理論上，應該必須扳正才行。不過，機關是在三年前架設的，因為至今沒人成功過，所以無法確定齒輪、轉軸、繩索這些配件如今是否完全契合。但是以結果來看，至少這套機關還算管用。你看，它不是把你指認出來了嗎？」

「在白神父的認定中，要成為救世主的先決條件，是只要扳動十字架就算數，還是必須把十字架扳回直立狀態？」

白神父遲疑了一下。

「有差嗎？反正十字架已經被你扳回去了。」

「按照你的說法，十字架本來是堅若磐石，無法撼動。萬一有人能扳動它，即便只是移動幾公分，照樣算是奇蹟嗎？依然可以稱為救世主？」

神父沉吟片刻。

「你到底想說什麼？」

「雖然把十字架扳回去的人是我，不過老實說，我根本沒出多少力氣。我抓住十字架時，感覺它已經鬆動了。」

「因為你是救世主，所以才不費吹灰之力。」

「我可不確定是不是這樣。」沈揚搖頭說道：「其實還有一種可能，有人早一步扳動了十字架，而我只是搭了順風車，剛好把它推回去罷了。」

「就算你說的沒錯，那我得上哪找這個人？今天來過我這裡的人，少說也有六、七十個。」

「這個人是誰，我心裡有數。」

蛤？真的假的？有人驚呼出聲。

沈揚伸長手臂，指著在一旁沉睡的田欣。

「是她？」費文翔驚訝地說：「她是女的。」

「誰說女人不能當救世主？」沈揚說道。

「咦，她的身高體型和沈揚差不多，」盧振東說道：「光看背影，的確很像。」

「為什麼是她？」白神父問道。

「你們看，她的手沾了白漆，而十字架上面也有白漆，如果去做掌紋檢驗，應該會證實是田欣的手筆。」

「那又如何？頂多只能證明她摸過十字架。」費文翔不服氣地說。

「今天來過教堂的人有幾個生面孔？應該不多吧？搞不好就我們五個，」沈揚答道：「常來的教友應該早就碰過十字架，不會等到今天才動手。也就是說……」

沈揚停頓了一下。

「今天動過十字架的人可能只有兩個，就是田欣跟我，但是她早我一步。」

「把她叫起來問清楚。」盧振東展現他實事求是的態度。

「問了也是白問，」沈揚面無表情地說：「她喝醉了，恐怕連自己幹了什麼事都沒印象。」

天啊，到底誰才是奇蹟之人？白神父心裡暗忖，是男孩？還是女孩？是第一個扳動十字架的人？還是把十字架扳正的人？或是兩者皆非？會不會其實是地心引力的關係，造成地面快撐不住鑄鐵十字架而鬆動？

第三個奇蹟是否出現，恐怕仍是未知數。這一切難道只是他自己的癡心妄想？

12

這一回，車上很難得沒有聞到屁味。不過，卻瀰漫著凝重的氣息。大家似乎都心事重重。

阿逸叔打開收音機，正好在播報八點鐘新聞。聲音甜美的女主播，用略帶欣喜雀躍的口氣述說一起離奇的侵入民宅案。

地點是在鎮中心北邊的一棟三層樓民宅，今天下午三點多的時候，由於警報聲大作，附近居民向警局通報。趕來現場的警方發現屋內空無一人，加害者與被害人皆不見蹤影，但是走廊上留有一連串血跡。警方研判，這可能是一樁盜竊卻意外演變成綁架或殺人案。

無獨有偶的是，鎮中心南邊也發生一起疑似自殺案件。地點是在著名的預言者的聖壇，死者是錢壇主的弟子，目前死因不明，諷刺的是，號稱能預知未來的錢壇主卻無法預測自己弟子的生死……

喀嚓一聲，阿逸關掉收音機。現場再度陷入一片靜默。

「新聞都亂報一通，」費文翔突然開口說道：「明明是命案，卻硬拗成自殺。一定又是那個宋警官想要吃案。」

沒人回應。只聽到微微的打呼聲。

「至少我明白了一件事，」他繼續說道：「我這輩子絕對是滴酒不沾。你們看田欣嘴巴微開的打呼樣，她要是看見自己這副羞羞臉的德性，一定會挖地洞躲起來。才一杯啤酒而已，冷面判官的一世英名就這樣毀了。」

「酒不是好東西，」劉剛健出人意表地接腔，「我爸喝了酒，就會發神經亂打人。」

「今天發生的事情，就只有天知地知你知我知，」盧振東接著說：「不要說出去給別人知道。」

意識清醒的人全點頭了，甚至連阿逸叔也是。沈揚心想，小瞇要求保密的是田欣喝醉酒的糗態，還是尋找救世主的任務？

阿逸把車開得飛快，不到十分鐘就跑了四個地點，幾乎將所有人都送到家了，只差沈揚一名乘客。他的駕駛技術確實好的不可思議，但還稱不上是奇蹟。

死而復生才是奇蹟。死裡逃生當然也是奇蹟。

看著窗外，沈揚心想，過了半個鐘頭後，如果街上是車水馬龍，路邊是門庭若市、熱鬧喧譁的夜市景象，也算是一種奇蹟吧？

是不是每個人都需要奇蹟，尤其在不順遂的逆境中？只要依附著奇蹟，人生便可獲得救贖？

對費文翔來說，能親眼目睹田欣大暴走的失態，應該可以算是奇蹟。對劉剛健而言，哪天田欣突然對他溫言款語，也是一種奇蹟了。

田欣呢？她想要什麼樣的奇蹟？盧振東呢？沈揚意識到對自己的同學所知甚少。他看不清楚盧振東眼皮下的眼珠，也參不透他腦袋在想什麼。話說回來，這傢伙究竟是什麼來歷？為何可以探聽到這麼多情報？他安排的這一趟闖關之旅，目的是要沈揚找出救世主的身分。結果算是成功還是失敗？對盧振東而言，這麼做又有什麼好處？

國中生能擔任救世主這麼重要的角色嗎？沈揚心存質疑。青田鎮的青少年被大人視為未來的希望，但是孩子們卻覺得找不到出路。這之間的落差可不小。

車窗外的景象顯得晦暗不明。沈揚心想，如果世上有神明的話，我會在這個小鎮見證到奇蹟嗎？

我才不當什麼救世主，也不想成為奇蹟之人。如果可以的話，我只想知道媽搬來這裡的目的是什麼，還有我的身體為何有時候會不聽使喚。

未來是那麼地不可知，但也只能走下去了。唯有往前走，盡頭才會出現。答案也會在那裡等著我。

國家圖書館出版品預行編目資料

尋找傳說中的奇人（青田鎮推理故事．第二輯）/ 翁裕庭著．-- 初版．-- 臺北市：商周，城邦文化出版：家庭傳媒城邦分公司發行，2017.05

面；　　公分

ISBN　978-986-477-213-1(平裝)

859.6　　　　106003603

尋找傳說中的奇人

（青田鎮推理故事．第二輯）

作　　者／翁裕庭（黃羅）
責任編輯／程鳳儀

版　　權／翁靜如、林心紅
行銷業務／林秀津、王瑜
總 經 理／彭之琬
發 行 人／何飛鵬
法律顧問／台英國際商務法律事務所　羅明通律師
出　　版／商周出版
城邦文化事業股份有限公司
台北市中山區民生東路二段141號9樓
電話：(02) 2500-7008　傳真：(02) 2500-7759
E-mail：bwp.service@cite.com.tw
發　　行／英屬蓋曼群島商家庭傳媒股份有限公司城邦分公司
台北市中山區民生東路二段141號2樓
書虫客服專線：(02)2500-7718；(02)2500-7719
24小時傳真專線：(02)2500-1990；(02)2500-1991
服務時間：週一至週五上午09:30-12:00；下午13:30-17:00
郵撥帳號：19863813　戶名：書虫股份有限公司
讀者服務信箱E-mail：service@readingclub.com.tw
城邦讀書花園www.cite.com.tw
香港發行所／城邦（香港）出版集團有限公司
香港灣仔駱克道193號東超商業中心1樓　E-mail：hkcite@biznetvigator.com
電話：(852) 25086231　傳真：(852) 25789337
馬新發行所／城邦（馬新）出版集團【Cite (M) Sdn. Bhd】
41, Jalan Radin Anum, Bandar Baru Sri Petaling,
57000 Kuala Lumpur, Malaysia.
電話：(603) 90578822　傳真：(603) 90576622
E-mail：cite@cite.com.my

封面設計／徐璽工作室
插　　畫／王彩蘋
電腦排版／唯翔工作室
印　　刷／韋懋印刷事業有限公司
經 銷 商／聯合發行股份有限公司　電話：(02) 2917-8022　傳真：(02) 2911-0053
地址：新北市新店區寶橋路 235 巷 6 弄 6 號 2 樓

城邦讀書花園
www.cite.com.tw

■2017年5月4日初版1刷
Printed in Taiwan

定價／280元

　ISBN　978-986-477-213-1